在與世界的對抗中：慢讀卡夫卡

Lektüre für Minuten. Betrachtungen aus seinem Werk.
Auswahl und Nachwort von Peter Höfle

Franz Kafka

法蘭茲・卡夫卡　著
彼得・霍夫勒　編
闕旭玲　譯

法蘭茲・卡夫卡（Franz Kafka, 1883-1924）

關於作者——法蘭茲·卡夫卡（Franz Kafka）

一八八三年七月三日生於奧匈帝國治下的布拉格，是猶太商人之子，曾攻讀文學，後改學法律，一九〇六年自布拉格德語大學畢業，獲法學博士學位，畢業後任職保險公司。他一生多次與人訂婚又解除婚約，但從未結婚。一九二四年六月三日因肺結核辭世於維也納的療養院，享年不到四十一歲。

卡夫卡自中學時期就開始寫作，終身熱愛文學創作，然而生前卻僅出版了七小冊短篇故事集，遠遠少於今日所知卡夫卡作品的十分之一，他死前甚至請好友馬克斯·布羅德銷毀其全部的書稿。幸好布羅德違背其遺願，並傾畢生之力將好友的遺稿一一整理出版，長篇小說《審判》、《城堡》，書信集《給父親的信》、《給菲莉絲的情書》、《給米蓮娜的信》和中短篇小說《蛻變》、《鄉村醫生》、《伙夫》、《飢餓藝術家》、《判決》、《在流放地》等經典之作才得以問世。

卡夫卡的作品一直到去世後才受到矚目，許多作家如沙特、賈西亞·馬奎斯等，均受其影響。後世的「存在主義」、「荒謬劇」、「魔幻寫實」等文學藝術流派，也是由其作品中獲得啟發。波赫士將他的小說翻成西班牙文，對其推崇備至，曾說：「他的作品不受時間限制，或許更是永恆的。卡夫卡是我們這個災難頻仍的奇怪世紀裡偉大的經典作家。」

關於譯者——闞旭玲

專事德文翻譯，譯有《極限》、《丈量世界》、《愛情的哲學》、《窮得有品味》等書。

【導讀】

一把刺破冰封內心的文學小刀

◎耿一偉

如果讀者迅速翻閱一下這本書，會發現編者所收錄的格言或短篇，有不少是落在一九一七年——因為在這一年的九月，卡夫卡確認染上了肺結核，這也促使他在年底決定解除剛在七月與菲莉絲的第二次婚約。在短暫時間內經歷如此大的人生變故，讓卡夫卡開始致力於具有箴言風格的短篇寫作，並記錄在所謂的「八開筆記本」上。

八開筆記本是卡夫卡好友馬克斯布羅德（Max Brod）在卡夫卡遺物中所發現的八本藍色封面的創作札記，寫作時間大概是落在一九一六年十一月到一九一八年五月之間。讀者若有機會去布拉格旅遊，通常會去城堡的黃金巷參觀卡夫卡小屋。其實，卡夫卡並沒有住在這裡，這是卡夫卡的妹妹奧特拉為了讓他可以專心寫作而租的工作室。卡夫卡從一九一六年十一月起，開始在下班之後獨自到這個小屋裡寫作，約待到八、九點後才返回住所，直到一九一七年四月底——黃金巷小屋開啟了卡夫卡八開筆記本的書寫。

八開筆記本中比較著名的幾個短篇，都收錄在他生前出版的《鄉村醫生》（1919）短篇小說集裡，包括〈鄉村醫生〉、〈給科學院的報告〉、〈兄弟謀殺〉與〈在法律之前〉等。讀者會發現，本書編者所挑選的段落，大多是出自八開筆記本，另外則挑自一些書信與日記，而沒有挑選如《蛻變》、《審判》或《城堡》中的句子。最主要的理由，就是在這些片斷的私人寫作中，展現了卡夫卡特有的寫作風格與私人情感。

即使大家都對《蛻變》等卡夫卡的小說耳熟能詳，但卡夫卡的短篇，其實和長篇有很大的不同。比如在他的短篇中，會有很多小動物出現，而在像《美國》（又稱《失蹤者》）、《審判》與《城堡》這些長篇小說中，則更多是低著頭的人物。尤其本書還取材自他與菲莉絲、米蓮娜等人的情書，這樣的情書寫作通常會讓一位男性在女性面前刻意去塑造另一種形象，而有別於日記與小說中的自我剖析。

卡夫卡曾在一九二一年十二月六號的日記中提到：「隱喻是使我對文學感

到絕望的原因。」法國文學評論家羅蘭巴特（Roland Barthes）則認為，卡夫卡的寫作技巧是一種影射。影射跟隱喻不一樣，隱喻是把新的意義加在舊的對象上，那是一種固定關係——我說你像玫瑰般嬌艷，玫瑰的形象附著在你之上。但卡夫卡的格言寫作有一種矛盾性，開啟了各種解讀的有效性。羅蘭巴特說：「影射是一種純粹的意指技巧，它實際上使整個世界都參與進來。」影射是一種論斷，影射指引你去發現新的事實。當卡夫卡寫下「惡是善的星空」（141頁）時，他並不是在隱喻，因為隱喻是建立在相似性之上，但我們無法在此發現相似性，他反而是做了一個新的論斷，這個論斷需要我們去發現，而且句子本身往往充滿矛盾性，讓我們感到既新鮮又困惑，比如「宗教跟人一樣都會迷失自己」。（143頁）

這種充滿矛盾的寫作風格是卡夫卡的文學特色。法國卡夫卡專家瑪爾特·羅貝爾（Marthe Robert）認為，卡夫卡是透過一種「是的，但是……」的寫作模式，來調節他的文學與世界的關係。卡夫卡說：「相信會有進步，不代表相信進步真的發生過。所以這是不能相信的。」我把這句話詳解如下——你可以相信會有進步這件事，但是進步不一定真的就會存在，所以這種相信不值得認真去對待。但我的解釋缺少了玩味的空間，將影射的曖昧空間給破除了，解消了讀者用自己經驗去開啟這句格言的可能性。

早在一九三七年，馬克斯・布羅德就曾將八開筆記本的第三冊與第四冊（稱為「G」本與「H」本）中的一些片段與格言集結起來，以《對罪惡、苦難、希望和真正道路的思考》（*Betrachtungen über Sünde, Leid, Hoffnung und den wahren Weg*）為名，收在當時出版的卡夫卡全集第六冊。我在大學時所買到由張伯權翻譯的《卡夫卡的寓言與格言》（自華，1987），就收錄了這部箴言錄，但《卡夫卡的寓言與格言》最早可推溯到一九七五年新竹的楓城出版社。到了九〇年代末期，書市上已經見不到《卡夫卡的寓言與格言》這本小書了。二〇〇三年，麥田出版社出版了由我所編選的《卡夫卡的寓言與格言》，又把《對罪惡、苦難、希望和真正道路的思考》收錄進來。這大概就是本書出現之前，卡夫卡箴言錄在臺灣的出版概況了。

本書編者彼得・霍夫勒（Peter Höfle）是德國當代知名的卡夫卡專家，也是德國出版界龍頭蘇爾坎普出版社（Suhrkamp Verlag）的編輯。他近年為蘇爾坎普編選了《卡夫卡讀本》（2008）與《給父親的信》評注版（2008）等，都大獲好評。各位手上這本書最大的優點，不但在於它把《卡夫卡的寓言與格言》與《卡夫卡三重協奏曲》綜合起來（尤其收錄在後者的〈給父親的信〉），更是一本全面性針對卡夫卡的寫作與人生的精選集。在本書中讀者會遇到另一個卡夫卡，那個將寫作視為祈禱的卡夫卡，而非《城堡》或《審判》中被體制操弄的K。

在二十世紀，卡夫卡的名聲，主要和存在主義及冷戰氛圍結合在一起。一方面從個人角度，他的作品論及個人對生命的迷惘與存在感受，如《蛻變》；另一方面從時代精神，他的小說《城堡》與《審判》又精確地描述了冷戰之前共產體制底下的荒謬生活狀態。但我最近關心的，是在冷戰已遠、存在消散在手指滑動螢幕動作當中的二十一世紀，卡夫卡是否能引發新的時代共鳴？而我在本書中發現了新的影射。

「我人生中所有的不幸——我沒有要抱怨，我只是把它當作一種一般性的教訓來看——可以說是來自於書信或寫信的可能性……」（185頁）卡夫卡如此強調著。聽來是不是有些耳熟能詳？當代人不是就將生活中大多數的時間，都放在寫信上面嗎？只是當代人寫信不是用過去的紙本郵件，而是各種電子郵件、社交軟體、即時通訊App。當代人對於寫信與回信的熱烈心情，彷彿吸血鬼需要鮮血一般，無時不刻掛念著對方是否回信，這跟卡夫卡等待回信的心情是很像的。最關鍵的，不是信件的內容，而是寫信與收信的動作——當代人隨時上網看信與回信，不是因為有什麼重要的事情需要溝通，而是這個動作本身就是目的。在同一封信件的最後，卡夫卡論道：「寫信其實是：將自己暴露在飢腸轆轆的鬼影前。用文字寫下的親吻無法到達它該去的地方，只會被那些鬼影在中途攔截並吃掉。豐富的食物讓這些鬼影大量增加……人類繼書信後，又發明了電報、電話、無線電報。那些鬼影子未來依舊餓不著，但我們卻會毀滅。」（185-186頁）

如果透過當代電子媒介的書寫，成為主流的寫作模式，那我不得不說，本書所呈現出來的那個擅長短篇與格言的卡夫卡，其寫作風格正好預示了當代人每天所面對的微型自傳寫作。卡夫卡簡直就是我們的化身：「我一從辦公室裡解脫出來，就立刻想去從事我渴望的自傳書寫……此結果連我身旁的每個人都能了解和感受到。」（187頁）我們在臉書上寫下短短的句子，就像卡夫卡在八開筆記本上所做的事情是一樣的——而且卡夫卡也有貼圖，只是那些圖是他自己畫的（讀者可參閱商周出版於二〇一四年出版的《曾經，有個偉大的素描畫家：卡夫卡和他的41幅塗鴉》）。

但我們與卡夫卡的差別，是他一輩子都很嚴肅地對待這種自傳寫作，他所有的人生問題，不論是家庭、婚姻還是身體，都是他為寫作所付出的代價。什麼叫做嚴肅寫作？我覺得卡夫卡下面這兩段話做了最好的回答。首先是他認為：「一本書必須像一把斧頭，能擊破我們心中那片冰封的海」（61頁），既然一本書是透過一句句文字的寫作累積，那麼格言與短篇寫作對卡夫卡來說，勢必也像打造一把能刺出一個洞的銳利小刀，需要苦心琢磨。

關於如何琢磨，最後還是得依賴大量閱讀：「魏爾什（Weltsch）捎來有關歌德的書，激起了我一股混亂且無處發揮的澎湃情緒。計畫要寫篇名為〈歌德的可怕本質〉（Goethes entsetzliches Wesen）的文章。」（63頁）一位偉大的作家只能被另一位偉大的作家所激勵。

對卡夫卡而言，寫作是一種祈禱，而且是孤獨的祈禱。他不能沒有寫作，更不希望被干擾，彷彿他本身就是寫作的意志。沒有比卡夫卡更純粹的作家了。

（本文作者目前為臺北藝術節藝術總監，臺北藝術大學與臺灣藝術大學戲劇系兼任助理教授）

CONTENTS

目 錄

Lektüre für Minuten.
Betrachtungen aus seinem Werk.
Auswahl und Nachwort von Peter Höfle

生命迷宮

Das Labyrinth des Lebens

001

真正的道路得跨過一條繩子，一條不是綁在高處、只是略高於地面的繩子。這條繩子的用處與其說是要被跨越，不如說是要把人絆倒。

一九一七年十月十九日，《鄉村婚禮籌備及其他遺稿中的散文》39頁

002

從某個點開始，就再沒有回頭路了。而那個點總有一天會走到的。

一九一七年十月二十日，《鄉村婚禮籌備及其他遺稿中的散文》39頁

003

就像手握石頭那麼緊。手之所以把石頭握緊，是為了丟得更遠。但前方漫漫長路也正好通往那遠處。

一九一七年十一月十二日，《鄉村婚禮籌備及其他遺稿中的散文》41頁

我的生命仍處於誕生前的躊躇。

004

怎樣才能對這個世界心悅誠服？除非你正要逃進去。

一九一七年十一月十二日，《鄉村婚禮籌備及其他遺稿中的散文》41頁

005

有目標，卻沒有路；被我們稱為道路的，其實是躊躇。

一九一七年十一月十八日，《鄉村婚禮籌備及其他遺稿中的散文》41頁

006

誕生前的躊躇。倘若真有轉世的歷程，那麼我還沒到達最下面那層。我的生命仍處於誕生前的躊躇。

一九二二年一月二十四日，《日記》561頁

007

再保守的人，有一天也得掀開死亡的終極性！

一九二〇年夏末至冬，《鄉村婚禮籌備及其他遺稿中的散文》334頁

008

如果我許下大願，希望自己成為田徑好手，那情況應該就像：我許願自己進入天堂，能在那裡繼續徬徨，一如在此間。

一九二一年十月十六日，《日記》543頁

009

他的疲憊就像羅馬格鬥士下了競技場後的精疲力竭，他的工作是將公務員辦公室裡的一個小角落漆成白色。

一九一七年十一月二十一日，《鄉村婚禮籌備及其他遺稿中的散文》42頁

自己竟能這麼輕易地踏上永恆之路；原來他正飛快地往反方向走。

010

有人好驚訝，自己竟能這麼輕易地踏上永恆之路；原來他正飛快地往反方向走。

一九一七年十一月二十四日，《鄉村婚禮籌備及其他遺稿中的散文》43頁

011

理論上，完美的幸福是可能的：只要相信自己堅不可摧，且絕不朝這個目標去努力。

一九一七年十二月十七日，《鄉村婚禮籌備及其他遺稿中的散文》47頁

012

劇場經理凡事都得親力親為，甚至連演員都得自己製造。有人來訪，他不克接見；經理正忙著處理重要劇務。什麼事呢？他正在替未來的演員換尿布。

一九二二年二月十八日，《日記》574頁

013

尋尋覓覓的人，什麼也找不到，可是不作意找尋的人，反而會被人發現。

一九一七年十二月十三日，《鄉村婚禮籌備及其他遺稿中的散文》94 頁

014

在這點上做不了決定，但做決定的力量卻唯有在這點上才能得到試煉。

一九一七年十二月十五日，《鄉村婚禮籌備及其他遺稿中的散文》95 頁

015

他覺得：自己之所以道路受阻，是因為他活著。但正因為道路受阻，他才得以證明他活著。

一九二〇年一月十三日，《一次戰鬥紀實。遺稿中的小說、草稿及箴言》292 頁

有人因為有太陽否認痛苦。他則因為痛苦否認太陽。

016

你必須用頭把牆撞穿。把牆撞穿不難，因為牆是薄紙糊的。難的是，你不能因為牆紙上幾可亂真地畫了你如何撞穿牆的畫面而受騙。那畫面會引誘你心想：「別再繼續撞了吧？」

一九二〇年夏末至冬，《鄉村婚禮籌備及其他遺稿中的散文》338 頁

017

有人因為有太陽否認痛苦。他則因為痛苦否認太陽。

一九二〇年一月十七日，《一次戰鬥紀實。遺稿中的小說、草稿及箴言》229 頁

018

將所有的責任強加在你身上，你正可藉此時機順服於責任。一旦試了，你會發現，你從未被強加過任何責任，其實你自身便是那責任。

一九一八年一月底，《鄉村婚禮籌備及其他遺稿中的散文》106 頁起

019

他找到了阿基米德點（der archimedische Punkt）[1]，卻把它用來對付自己，但顯然，唯有在此條件下，他才能找到這個點。

一九二〇年一月十日，《鄉村婚禮籌備及其他遺稿中的散文》418頁

020

要保持平靜；得先遠離熱情所渴望的東西；因識水流，所以要逆流奮泳；因渴望水的負載，所以要逆流奮游。

一九二三至二四年，《鄉村婚禮籌備及其他遺稿中的散文》287頁

021

每個人身上都背著一個房間。這件事甚至能藉傾聽獲得證實。見有人疾步而行，只要側耳傾聽，例如在夜裡，周遭萬籟俱靜時，你會聽到，比方說，牆上一面沒固定好的鏡子正在晃蕩。

閒散乃萬惡之始，百善之先。

一九一七年一至二月，《鄉村婚禮籌備及其他遺稿中的散文》55頁

022

自負令人醜陋，原本該消滅它，結果它卻只是受了傷而已，並且變成了「受傷的自負」。

一九一七年十一月二十六日，《鄉村婚禮籌備及其他遺稿中的散文》88頁

023

閒散乃萬惡之始，百善之先。

一九一七年十一月三十日，《鄉村婚禮籌備及其他遺稿中的散文》89頁

024

把侵略者的馬變成自己的坐騎。這是唯一可行之道。但這需要何等的力量與技巧？而且根本來不及了！

一九二二年三月九日，《日記》576頁

譯注1：阿基米德說過：「給我一個點，我就可以舉起地球。」

025

我有一把很厲害的大榔頭，卻無法使用它，因為把手好燙。

一九二〇年底，《鄉村婚禮籌備及其他遺稿中的散文》348頁

026

平常我很信任我的馬車夫。那次我們遇到一座側邊和上面都緩緩拱起的白色高牆，我們不再向前，而是沿牆行駛，觸探這座牆，最後馬車夫說：「這是個額頭。」[2]

一九一七年九月，《鄉村婚禮籌備及其他遺稿中的散文》153頁

027

掌舵者

「掌舵的人不是我嗎？」我大聲喊道。「你？」一名黝黑高大的男子反問，用手揉眼，彷彿大夢乍醒。暗夜中，我站在船舵前，微弱的燈籠在我頭頂上，男

即便在尋常的幸福時光裡，時間也不夠這樣的一趟騎程。

子朝我走來，想推開我。我不肯讓，於是他把腳伸向我的胸膛，慢慢地將我往下壓，過程中我整個人巴在舵上，身體被往下壓時連帶地將船舵也整個扯了下來。男子一把抓過船舵，將它重新裝好，把我一掌推開。但我很快想到辦法，我奔向通往下面船艙的門，喊道：「水手們！夥伴們！快來啊！有個陌生人把我從船舵推開！」他們慢慢聚過來，沿著船艙的舷梯拾階而上，一群搖搖晃晃、疲憊、身材魁梧的人。「我是掌舵的人吧？」我問。眾人點頭，但目光全集中在陌生男子身上，他們站在他身邊圍成半圓形，只聽見他語帶命令地說：「別礙著我。」大家很快地又聚攏，朝我點點頭，再次拾階而下。怎麼會有這樣的人！他們也會思考嗎？或只是盲目地遊走在世間？

一九二〇年秋，《一次戰鬥紀實。遺稿中的小說、草稿及箴言》117頁

鄰村

我父親總說：「人生真是短得驚人。如今許多事一股腦兒地湧現在我記憶中，叫我簡直無法置信，例如，一個年輕人怎麼敢決定騎馬去鄰村，而不擔心——

譯注 2：德語的「額頭」同時還有建築物的「正面」的意思。

先不說會不會發生不幸的意外——即便在尋常的幸福時光裡，時間也不夠這樣的一趟騎程。」

一九一七年夏或更早，《卡夫卡短篇集》168頁起

029

啟程

我命人去將我的馬牽出馬廄。僕人聽不懂我說的話。我自己走進馬廄，幫馬套上鞍具，騎了上去。我聽見遠處號角響起。我問僕人這什麼意思。他不但不知道也沒聽見。他在大門口攔住我，問道：「主人，你要去哪兒？」「我不知道，」我說，「只是要離開這裡，就只是要離開這裡。不停地往前，離開這裡，只有這樣才能抵達我的目標。」「所以你知道自己的目標？」他問。「對，」我回答，「我已經說過了，『離開這裡』就是我的目標。」「你沒帶糧食上路，」他說。「不需要，」我說，「這趟旅程非常遙遠，遙遠到如果我在路上找不到吃的，我就得挨餓。準備糧食上路也救不了我。多麼慶幸這是一趟真正非比尋常的旅程。」

多麼慶幸這是一趟真正非比尋常的旅程。

一九二一年前後，《鄉村婚禮籌備及其他遺稿中的散文》389 頁起

陀螺

有個哲學家總愛流連在孩子們玩耍的地方。他看見有個男孩，手拿陀螺，哲學家便伺機在旁。陀螺都還沒真正轉開，哲學家已經尾隨而至，伸手要抓。孩子一陣喧譁，紛紛驅趕他遠離他們的玩具，但哲學家不在乎，他已經一把抓住那個旋轉的陀螺了，他好開心，即便一下子他又將它扔回地面。由於他相信：掌握對微小事物的認知，便足以掌握住普遍認知。所以他並不探究偉大的問題，他覺得那樣太不經濟；只要能確切掌握住小事的最細微處，就能掌握住一切，因此他只探究旋轉的陀螺。每當孩子準備打陀螺，他就滿懷希望，這次一定能成功，陀螺開始旋轉，他一鼓作氣地衝向它，原先的希望化為篤定，可是一旦握住那塊愚蠢的木頭，頓時一陣頭暈，剛才一直沒聽見的孩子們的叫囂，突然竄入耳內，叫囂聲驅趕著他，他踉蹌得像個正在被技術不佳的鞭子抽打的陀螺。

一九二〇年底，《一次戰鬥紀實。遺稿中的小說、草稿及箴言》118 頁

031

他們可以選擇做國王或做國王的信使。就像孩子會做的選擇，當初大家都要當信使。因此現在只有信使，信使踏遍世界大聲呼喚，但因為世上沒有國王了，他們只能彼此告知那些業已失去意義的訊息。他們多希望結束這種可悲的生活，但礙於工作誓言，他們不敢。

一九一七年十二月二日，《鄉村婚禮籌備及其他遺稿中的散文》44頁

032

我們玩「擋路」遊戲，先選定一小段路，然後一個人防守，另一個人突破防線。攻擊者的眼睛必須矇住，防守方除了可在攻擊者突破防線的那一刻觸碰對方的手臂外，沒有其他方法可以阻止對方突圍；防守者太早或太晚觸碰對方的手臂都算輸。沒玩過這遊戲的人肯定認為：攻擊很難，防守很簡單，可是事實卻恰恰相反，或至少，具攻擊天分的人其實比較常見。我們之中只有一個人擅於防守，而且幾乎從未失誤。我經常盯著他瞧，他的防守一點也不高明，其實

他們多希望結束這種可悲的生活，但礙於工作誓言，他們不敢。

他很少跑動，只是一直留在正確的位置上，加上他可能不怎麼能跑，因為他有點跛，縱使平常他也不是很活潑，至於其他人，換他們防守時，大家總會蹲低，眼睛不停地來回瞄看，但他那雙暗淡的藍色眼睛卻目光鎮定，一如平常。這樣的防守有什麼意義，唯有當你是攻擊者時，才能明白。

一九二〇年夏末至秋，《鄉村婚禮籌備及其他遺稿中的散文》251頁起

033

人生最早犯下的錯誤，我指的是那些最早且看得見的錯誤，是如此的奇特。或許特別不該去探究它，因為那些錯誤有更高更大的意義，但有時又不得不去探究；這就讓我想到賽跑，賽跑時本該如此：每位選手都該堅信自己會贏；在能否贏得富足人生這件事情上很可能也是如此。為什麼即便以往沒有真的贏過，現在每個人看起來還是深信不疑？因為不相信不會顯露在「相信」上，只會顯露在我們應用的「跑步方法」上。這就像：有人深信自己一定能贏，但他獲勝的唯一方法是在跨越第一道柵欄前就逃走，並且再也不回來。裁判心裡很清楚，此人將無法獲勝，至少無法在這個跑場上獲勝，但目睹那人從一開始就打定主意要逃，卻還是無比認真投入，真讓人受教良多。

一九一九年三月二日，寫給馬克斯・布羅德（Max Brod, 1884-1968）的信，摘自《日記和書信集》253頁

034

一個評論

一大清早，街道空無一人，我朝火車站走去。望著鐘樓上的鐘，我校準自己的錶，發現時間比我以為的晚很多，我得趕緊加快腳步。發現時間已晚，這令我非常驚駭，我愈走愈不安，這城市我還不很熟，幸好一旁有位警察，我跑向他，上氣不接下氣地朝他問路。他笑道：「你要跟我問路？」「是啊，」我說：「因為我自己找不到路。」「放棄吧，放棄吧，」他說，語畢把頭用力往後一甩，狀似人們想私下竊笑時的模樣。

一九二二年底，《一次戰鬥紀實。遺稿中的小說、草稿及箴言》115頁

我們的任務如我們的整個人生一般沉重。

035

我們的任務如我們的整個人生一般沉重，這讓她覺得彷彿漫無止境。

一九一八年一月十六日，《鄉村婚禮籌備及其他遺稿中的散文》99 頁

036

唯有世界變邪惡，換言之，違背了我們所認同的意義，其次，唯有我們有能力毀滅它，那麼毀滅這個世界方能成為我們的任務。我們無法摧毀這個世界，因為我們並沒有把這個世界打造成一個獨立自存的東西，而是讓自己迷途於其中，尤有甚者：這世界就是我們的迷途，身為我們的迷途，它本身是不可以被摧毀的，或者更恰當的說法，它是一種唯有藉走完全程而非放棄才可以摧毀的東西。

一九一八年二月五日，《鄉村婚禮籌備及其他遺稿中的散文》108 頁起

037

豹闖進了寺廟，喝光了祭壺裡的酒；這事一再發生；終於變成了可預期的事，後來也就成了祭典儀式的一部分。

一九一七年十一月十日，《鄉村婚禮籌備及其他遺稿中的散文》41頁

038

小寓言

「唉，」老鼠說，「世界一天比一天窄。一開始，世界大到令我害怕，我不停往前跑，終於很高興看見遠處左右兩邊都有牆，但長長的牆竟飛快地彼此靠近，快到我一下子就置身於最後一間房，那裡的牆角有個陷阱，我闖了進去。」——「你該換個方向跑的，」貓說，並且吃掉了老鼠。

一九二〇年夏末至秋，《一次戰鬥紀實。遺稿中的小說、草稿及箴言》119頁

039

在你與世界的對抗中，站在世界那邊吧。

在你與世界的對抗中，站在世界那邊吧。

一九一七年十二月八日，《鄉村婚禮籌備及遺稿中的其他散文》44 頁

040

你套愈多匹馬，速度就愈快——但不是逃出矗立於地面上那整區房子的速度，這不可能，而是毀損韁繩的速度，並讓空洞而歡樂的旅程愈快結束。

一九一七年十一月三十日，《鄉村婚禮籌備及遺稿中的其他散文》43 頁起

041

情況有時似乎是這樣：你有項任務，你也具備了完成這項任務的能力（不多也不少，雖得堅持下去，卻不需要擔心），加上時間非常充裕，而且你也有很好的工作意願。那還有什麼能阻礙這可怕任務的達成呢？別花時間尋找阻礙了，也許根本沒有。

一九二〇年九月十六日，《鄉村婚禮籌備及遺稿中的其他散文》303 頁

人際交往

Mit Menschen

042

因為妹妹的關係，今天中午我們家來了一個媒婆，基於各種錯綜複雜的原因，媒婆讓我有種不得不垂下眼瞼的窘迫感。那女人穿著一件因為年分、陳舊、骯髒而泛著灰色油光的衣服。她站起來時，雙手垂握在下腹前。父親詢問我對她介紹的那個年輕男子的一些看法時，我不得不望向父親，這時她偷瞄了我一眼，這讓我更難以對她視而不見。幸好我的窘迫得以藉此減輕：午餐就在我面前，且我一副完全不感到不好意思的模樣，一個勁兒忙著攪和我那三個盤子裡的食物。在她那張——一開始我只看見部分——臉上，有很深的皺紋，皺紋深到我忍不住驚駭莫名地心想：這樣的一張人臉到底都面對過哪些禽獸？她身上令人印象深刻的地方，還有那突出於臉部、鼻尖微翹、有稜有角的小鼻子。

一九一一年十月三十一日，《日記》131頁

043

我也會笑，菲莉絲（Felice Bauer, 1887-1960），不用懷疑，我甚至以愛笑聞

我也會笑，不用懷疑，我甚至以愛笑聞名。

名。不過，在這一點上，過去的我的確比現在愚蠢很多。我甚至發生過這樣的事：在一場慶祝會上對著我們的總統放聲大笑——那已經是兩年前的事了，卻一直還流傳在我們機關裡，而且變成我個人的傳奇；但能怎麼辦呢！要跟妳解釋總統的重要性有點太麻煩，但妳相信我，他這個人的重要性真的非常之大，在一般公務人員的想像中，他簡直不是活在地表，而是活在雲端。一般來講，我們不太有機會跟皇帝講話，取而代之，這人給我們這些普通公務人員——對一般大企業也差不多——的感覺就像謁見皇帝。當然，他也像所有眾所矚目的人一樣，行為舉止會因為不是出於自願而顯得很可笑，即便如此，要這麼理所當然的，像自然現象般的，甚至直接了當的當著這個大人物面前放聲大笑，能做出這等事情的人肯定是被上帝遺棄了。我們——兩名同事和我——因為剛獲升等，所以穿上了正式的黑色禮服出席，為了當面向總統致謝，我要自己絕不能忘記告訴他：我個人尤其有理由務必向總統先生表達我不同於一般的誠摯謝意。我們三個當中看起來最有威嚴的人——我是最年輕的人——由他代表致謝詞，他說話簡短、理智、果決，跟他的人一樣。總統先生依舊擺出他一貫的真的非常奇怪的姿勢聆聽，一種特別為慶典而選的姿勢，有點像我們以前的皇帝召見臣子時的模樣（實在叫人不得不這麼說）。雙腿微微交叉，左手握拳擱在桌子最外圍的角落上，頭低垂到白色的鬍鬚直接埋進胸口，導致——就整個身體而言並非特別大，但確實很突出的——肚子微微震動。我當時肯定是很難控制情緒，因為這種姿勢我早就見慣，根本沒必要為了它而發噱，我卻斷斷續續地不斷竊笑，幸好這笑聲輕而易舉地就能用咳嗽掩飾過去，至少總統沒有因此抬起頭來。此外同事清晰的語調也正好幫助我控制住自己，雖然同事一直注視著前方，但他顯然也注意到了我的情況，幸好他沒有受影響。但同事的致詞一結束，總統抬起頭來，我瞬間嚇了一大跳，也忘了要笑。現在他能清楚看見我的表情，並且一眼就能看出：從我嘴巴裡發出來的令我懊惱的笑聲絕非咳嗽。接著換他講話，又是那種常見的、大家早已熟悉的、像皇帝般、帶著濃濃胸腔音，不僅毫無意義還不知所云的談話內容，同事此時趕緊斜眼瞄我，想警告我控制好自己，卻反而勾起了我對從前開懷大笑的鮮明記憶，於是我完全控制不了自己，並且陷入一種絕望：我再也不可能控制住自己了。一開始我只是針對總統那些斷斷續續出現的可笑的小動作發出笑聲；但猶如不成文的規定：為表尊重，對於這些可笑舉動必須繃緊表情硬憋著，但我卻已經忍不住放聲大笑

當下我同情他們竟多於同情自己。

了，我看見我同事因唯恐自己被我的笑意感染，一臉驚恐，當下我同情他們竟多於同情自己，但我就是止不住笑，我也沒有試著讓自己分散注意力或用手遮嘴，萬般無助下，我只是直視著總統先生的臉，完全移不開視線。但這個反應或許是基於這樣的感覺和想法：反正情況已無可挽回，只能更糟，所以最好的辦法就是，乾脆避免任何改變。當然我仍繼續在笑，因為我已經打開開關了，現在我不只是為了眼前的小事笑，也為了以前的和未來的事情笑，為了所有一切加起來而笑，再也沒有人知道我到底在笑什麼了；尷尬的氣氛開始全場蔓延，只有總統先生仍若無其事地舉止合宜，身為一個大人物，他肯定早已見慣世間的一切，當然不會陷自己於被人不尊敬的窘境中，假如這時候我們趕緊離開，總統也許就能縮短他的談話，一切也許就能順利結束，我的行為雖然無疑的非常不恰當，但絕不至於成為公眾話題，然後這事就能像其他常發生的不可思議的事情一樣，只要我們四個在場的人商量好不說，整件事就這麼結束了。但不幸的是，那個我從剛才到現在都還沒提到的同事（一個年近四十、有張圓圓的娃娃臉、但留著鬍鬚的人，酷好喝啤酒）竟突然開口說了一小段出乎意料之外的話。當下我完全愣住，他前一刻還因我的放聲大笑而驚慌失措，雙頰鼓脹得猶似就要控制不住的跟著笑，但現在——竟然正經八百地發表談話。但其實就他這個人來講，這也是很容易理解的。他是個腦袋空空又容易激動的人，所以確實有能力把大家耳熟能詳的看法再慷慨激昂地說一遍，這些無聊的話若少了這份可笑和感人的熱情還真叫人無法忍受。總統先生無關緊要的回應了些跟我同事不太相關的話，或許是受我一直在笑的影響，同事也有點忘了自己身在何處，所以才會認為現在是說出他個人獨到見解（即便完全牴觸了別人的看法，也徹底不在乎）並爭取總統認同的恰當時機。他不停比手畫腳（他平常講話就是這樣，只是現在更誇張）並吐出蠢話，此情此景我覺得真是夠了，直到現在一直都還至少恍恍惚惚存在於我面前的世界，突然像完全消失了一樣，只剩下我毫無顧忌地、大聲地在發出笑聲，這樣的開懷大笑應該只有在小學生的教室裡才聽得到。四下頓時一片安靜，現在我終於藉我的笑聲成了全場焦點。我當然是邊笑邊嚇得膝蓋發抖，此時同事們也開始根據各自意願跟著我笑，但他們的笑聲哪比得上我這既有備而來又訓練有素的可怕笑聲，相較之下，他們的笑聲幾不可聞。我一邊用右手搥打自己的胸膛——半出於自知犯下了罪（並聯想到贖罪日），半出於想要把還憋著的笑趕緊全部搥出來——一邊不停為自

通往別人的路對我而言是很漫長的。

己的大笑而道歉，我的道歉非常懇切，卻由於中間不斷夾雜我的笑聲，而根本無法被聽懂。現在當然連總統也感到困惑了，並且只有一個念頭，要怎麼才能自圓其說，他們這種人天生就有辦法讓一切自圓其說，所以他立刻想到剛才的某句話，自認為那句話能為我的放聲大笑提供一個合理的解釋，而且肯定是那句話讓我聯想到了某件他很久以前做過的可笑的事。然後他拋下我們匆匆離開。我沒有認輸，仍在繼續大笑，心裡卻痛苦得幾乎要死掉，並且第一個跌跌撞撞地衝出大廳——事後我立刻寫信給總統，並透過總統的一個兒子（我跟他這個兒子很熟），表達歉意，最後則只能藉時間盡量沖淡這件事，但我當然沒有獲得完全的原諒，而且也永遠不可能被完全原諒。但這也不是很重要，當時我之所以會那麼做，或許只是為了日後能向妳證明：其實我也會笑。

一九一三年一月八至九日，《給菲莉絲的情書》237-240頁

○44

通往別人的路對我而言是很漫長的。

一九一八年五月，《鄉村婚禮籌備及遺稿中的其他散文》131頁

045

別說社交不好！我正是為了人群而來的，至少在這點上這裡沒有欺騙我，我為此感到心滿意足。我在布拉格到底是怎麼活的！我渴望和人接觸，但是這個渴望一旦實現又會變成恐懼，唯有在度假時，這種渴望才得以變得愜意；我顯然有點變了。

一九一二年七月二十二日於容波恩自然療養院（Sanatorium Jungborn），寫給馬克斯·布羅德的信，摘自《書信集：一九〇二至一九二四年》101頁

046

不管在哪方面，你都是那麼的強大；我們的同情，甚至我們的幫助，對你又有什麼意義？其實你根本看不起我們的同情和幫助，就像我們自己也常常看不起它一樣。所以我才會不相信你的那些抱怨，總認為它們背後一定藏有不為人知的目的。長大後我才了解，你真的為孩子非常苦惱過，當時你的那些抱怨真的具有純真、坦率、沒心機，且樂於提供幫助的意思，只不過後來卻變成了對我

別說社交不好！我正是為了人群而來的。

的再清楚不過的教育手段和羞辱手段，作為手段，它們的成效不彰，卻形成了一種有害的副作用：孩子漸漸習慣在應該嚴肅看待的事情上不怎麼嚴肅了。但值得慶幸的是，凡事都有例外，這些例外大多發生在你默默承受痛苦時，那種時候愛與善意會用它們的力量克服所有的阻礙，直接襲上心頭。這種情況雖少之又少，卻極為美好。比方說以前，中午大太陽下，剛吃完午餐，我看著你因疲倦，手肘擱在桌面上小睡片刻，或星期天你趕到避暑地點來找我們；或母親生了重病，你流著淚用顫抖的手扶在書架旁；或上次我生病時，你躡手躡腳來到小妹奧特菈的房間，卻只站在門邊，伸長了脖子探看病床上的我，並體貼地只用手無聲地問候。那些時刻多麼令人嚮往啊，幸福得叫人想哭，而此刻在記述這些事情時，不禁令人再次潸然淚下。

一九一九年十一月，〈給父親的信〉，摘自《鄉村婚禮籌備及遺稿中的其他散文》179 頁起

○47

見到其他人時，我無法迅速轉變，面對他們時我還是滿心愧疚，因為，就像我說過的，我必須彌補你在店裡對他們所做的事，我自覺也有責任。除此之外，你對於跟我來往的每個人都頗有微詞，不管是公開批評或私底下講，這點讓我自覺必須請求對方的原諒。不管是在店裡或在家裡，你試圖教我的總是：大多數人都不可信任（童年我覺得重要的人，哪一個沒有被你，至少一次的，批評得體無完膚），但奇怪的是這種對人的不信任竟絲毫不會對你造成困擾（但你本來就夠強悍，強悍到足以承受這一切，況且這種不信任也許事實上只是統治者的一種姿態）——兒時，在我的眼裡根本找不到任何人可以來印證這種不信任，因為我看到的全是優秀到令人望塵莫及的人，所以在我心底只形成了對自己的不信任，以及面對別人時永遠揮之不去的恐懼。

一九一九年十一月，〈給父親的信〉，摘自《鄉村婚禮籌備及其他遺稿中的散文》196頁

048

有來也有去，
有離別，卻經常沒有——再見。

一八九七年，畢業紀念冊上給同學雨果・貝爾格曼（Hugo Bergmann）的臨別贈言，摘自《少年卡夫卡傳記：一八八三至一九一二年》50頁

有來也有去，
有離別，卻經常沒有——再見。

拜訪史代納（Rudolf Steiner）博士

有一名女士已經在那裡等了（容曼街〔Jungmannsstraße〕維多利亞旅館〔Viktoriahotel〕三樓），但她堅持要我先進去。我們一起靜候。女祕書走進來，安撫了我們一下。透過長廊我看見他。不久他半張開雙臂迎向我們。那名女士跟他說是我先來的。於是我跟在他後面，由他引導著進入他的房間。他身上那件前一晚看起來像是被刷得發亮的黑色軍裝上衣（應該不是刷出來的，而是因為整件都是黑的，所以才會黑得發亮），此刻在白天的光線下（下午三點）看起來竟灰撲撲，甚至還有汗漬，尤其是背上和肩膀。在他房裡，我努力想擺出謙卑的模樣，但我實在感覺不到謙卑，於是只好藉找個可笑的地方來放帽子以展現我的謙卑；我把它放在專門用來繫馬靴鞋帶的小木架上。房間正中央有張桌子，我在面對窗戶的位置坐下，他在桌子的左邊坐下。桌上有紙，紙上畫了些圖案，那些圖案讓人聯想到那些有關超自然心理學的演講。一本小小的自然哲學編年史放在一小堆書籍上，那些書籍看似平常就這麼亂擺著。可惜不能環顧一下四周，因為他一直用眼睛盯著人看。縱使暫時不看了，你也得小心他的目光隨時會轉回來。他先隨口說了幾句：你是卡夫卡博士吧？你研究神智學（Theosophie）很久了嗎？我迫不及待地想把我準備好的話說出來：我覺得我整個人的心思都在神智學上，卻又對它充滿恐懼。因為我怕它會帶給我不利於我的新的混亂，而我目前的不幸正完全導因於混亂。混亂的原因在於：我的快樂，我的能力，和我能成為一個有用之人的機會，一直以來都寄託在文學上。而我也確實在文學上經歷過（雖次數不多），但就我看來，跟博士您所描述的靈視者（Hellseher）的狀況非常類似的情形，我徹底沉浸在所有念頭裡，而每個念頭也都成真，在那樣的情況下，我感受到的不只是我自己的臨界，還感受到了人之所以為人的臨界狀態。但在那樣的狀態中，我獨缺靈視者所能感受到的那種因滿懷熱忱而獲得的寧靜，雖然也不是完全沒有。我自覺原因是：我最好的作品並不是在那種情況下寫出來的——我沒有辦法讓自己全心全意地投入在文學中，一如必須的那樣，但是我之所以不能的原因有很多。撇開家庭狀況不談，著眼於我完成作品的速度之慢，以及我作品的風格特殊，單靠文學我根本無法過活；此外，我的健康和我的個性也讓我，即便在最佳狀況下，也不敢

那些能為前者帶來小小幸福的事，卻會對後者造成很大的不幸。

把自己投入在那種不確定的生活中。於是我成了一個任職於社會保險局的公務人員。但這兩種職業根本容不下彼此，遑論共同成就幸福。那些能為前者帶來小小幸福的事，卻會對後者造成很大的不幸。倘若我前一晚寫出了很棒的東西，隔天到了辦公室我就會心浮氣躁，什麼事都做不了。這樣的來回折磨令人愈來愈苦惱。一旦我在辦公室裡盡了我的外在義務，內在義務我就盡不了了，但無法被滿足的內在義務會導致不快樂，一種再也不會離開我的不快樂。現在，除了這兩項永遠無法和諧的工作外，我還要再加進第三項：神智學嗎？它不會同時干擾到另外兩項嗎？不會受另外兩項的干擾嗎？像我這樣一個現在就已經很不快樂的人，真的有能力把這三項工作都堅持到最後嗎？博士先生，我來此的目的就是要問您這些，我有預感，如果您認為我有能力辦到，我就一定能辦到。

他聽得很認真，完全不看我，徹底專注於我的話。他不停地點頭，點頭似乎是他維持高度專注的方法。只是剛開始他一直被鼻涕默默地從鼻孔裡流出來所擾，他不停用手帕揩拭，而且是深入鼻孔裡，一根手指伸進一個鼻孔裡。

一九一一年三月，《日記》56-58頁

畫家庫賓（Kubin）推薦用邊條曲菌素（Regulin）當瀉藥，它是一種搗碎的藻類，會在腸子裡膨脹，導致腸子劇烈蠕動，換言之它引發的是物理作用，不同於那些只會引起不健康的化學作用的瀉藥，化學瀉藥會把腸子裡的糞便搞得稀巴爛，換言之會讓它們沾黏在腸壁上——庫賓跟漢姆生（Hamsun）一同去找過出版商阿爾貝特·朗恩（Albert Langen）後才一起過來。庫賓一直莫名其妙地在笑。聊天時，他在完全未中斷交談的情況下，把腳板抬到膝蓋上，拿起桌上一把用來剪紙的大剪刀，開始修剪褲管底下的毛邊。他穿得很寒酸，但會用高級配件來裝飾，比方說領帶——慕尼黑一間藝術家養老院裡的故事，那裡頭住著許多畫家和獸醫（獸醫學校就在附近），但養老院非常破舊，破舊到從對面房子的窗戶就能直接看到養老院裡面，於是那些窗戶被租了出去。為滿足觀眾，偶而會有退休老人跳上窗台，故意裝模作樣地從湯鍋裡舀湯喝——一名專門偽造古董的藝術家，他做了一次霰彈射擊引起騷動，他站在桌子旁說：現在我們只需在這張桌子上再喝三次咖啡，就能把它送去因斯布魯克（Innsbruck）

050

我該去跟他們講清楚嗎？還是該讓他們跟我講清楚？

博物館了——至於庫賓本人：他臉部表情強烈，但總是同一款表情，他老愛繃緊臉部肌肉來描述各種不同的事。他坐著、站著、只穿西裝，或有穿大衣，看起來都不一樣，年紀、身高、強壯程度都不一樣。

一九一一年九月二十六日，《日記》66頁

還是庫賓：他習慣用不屑的語調重複別人最後說過的話，而且還是用他自己亂編的話重講，根本就跟人家原來的意思不同。可惡——聽完他的諸多事蹟後，大可忘了他這個人還有價值。有時突然想起那些事，還會心頭一震。有天晚上大家聊天聊到待會兒要去的酒吧還滿危險的；他一聽就說他不去；於是我問他，他很膽小嗎？他把手往我肩上一搭，回答道：「當然，我這麼年輕，還有很多事要做呢。」——整晚他都很健談，而且就我看來，他是真的很認真地在探討我跟他的便祕問題。約莫午夜，我把手擱在桌邊，他望著我的一小段手臂驚呼：「我覺得你真的有病。」從那句話開始，就對我愈來愈過分，後來甚至阻止別人說服我一起去B酒吧。我們道別後，他還遠遠的對著我喊：「邊條曲菌素！」

一九一一年九月三十日，《日記》70頁

052

我清清楚楚地把我的名字寫給了旅館，而他們也正確地幫我寫過了兩次，儘管如此下面的黑板上還是寫著約瑟夫．卡夫卡。我該去跟他們講清楚嗎？還是該讓他們跟我講清楚？

一九二二年一月二十七日，《日記》564頁

053

兩個孩子在卡辛納利（Casinelli）書店的櫥窗前閒逛，一個大約六歲，是男孩，一個七歲，是女孩，穿得像富裕人家，正在討論上帝和罪的問題。我在他們後面停下腳步。小女孩應該是天主教徒，認為唯有欺騙上帝是真正的罪。小男孩應該是基督教，基於小孩子的不服氣，小男孩問：那騙人和偷東西呢？「雖然也是很重的罪，」小女孩說，「但不是最重的，只有對上帝犯下的罪才是最嚴

因為我真的有好多事要做！

重的罪。對人犯下的罪都可以告解。每次只要我一告解完，天使就會立刻重新出現在我背後，因為每一次犯錯，魔鬼就會出現在我背後，只不過大家看不見。」小女孩不想繼續這麼一本正經，加上為了好玩，她轉過身來說：「你看，我後面什麼也沒有。」小男孩同樣轉過身來，卻看見了我。「妳看，」小男孩完全沒考慮到我也會聽見，不加思索地說，「我背後站著魔鬼耶。」「我也看到了，」小女孩說，「但我指的不是他。」

一九二〇年二月十八日，《一次戰鬥紀實。遺稿中的小說、草稿及箴言》296頁

054

依你信上所言，我決定星期四去鮑姆（Baum）家，但我又希望在你的明信片上能看到說我也可以不去，因為星期四我很可能跟星期一一樣沒辦法去。我好高興能看到他的小說，只要我能完成我的事，星期四我最想去的地方就是他那裡。但如果我這次又去不成，希望他和他太太千萬別生氣。因為我真的有好多事要做！在我負責的四個行政區裡，一堆人——還不包括我的日常工作喔——像喝醉酒一樣，從鷹架上掉下來，掉進機器裡，所有樑柱都倒了，所有坡道都垮了，所有梯子也都脫落了，原本該在上面的東西全砸了下來，原本該在下面的東西，現在上面躺著跌下來的人。還有瓷器工廠的那些年輕女孩也叫人頭痛，她們老愛捧著堆得老高的瓷器，從樓梯上摔下來。

一九〇九年夏天，寫給馬克斯・布羅德的信，摘自《書信集：一九〇二至一九二四年》73頁

055

我這才想到，我竟完全想不起妳臉上任何特定部位的模樣。唯有妳穿過咖啡館的座位離開，妳的身影，妳的衣衫，依舊歷歷在目。

一九二〇年四月，《給米蓮娜的信》5頁

056

我的模仿欲望是不具演員特質的，更缺乏一致性。對於籠統事物，對於其整體特徵進行模仿，這我做不來，類似的嘗試以往總是失敗，因為這種模仿違反了我的天性。相反的，對於那些籠統事物的細節，我卻有一股難以抗拒的模仿欲望，我總會不由自主地想模仿某些人把玩手杖的模樣，模仿他們的手部姿勢，

沒有人會發現我正在模仿。

他們的手指動作，甚至可以不費吹灰之力就做到。正是這樣的不費吹灰之力，這樣的熱切渴望，讓我的模仿跟那些演員不同，由於不費吹灰之力，我的模仿得以產生一種相反的作用：沒有人會發現我正在模仿。只有我對自己的滿意，或較常發生的情況是勉強滿意，讓我得以確認我模仿成功。遠勝於外在模仿的，還有內在模仿，這種模仿經常是既震撼又強烈，強烈到我沒有多餘的心思可觀察和確認到它的發生，反而是事後回想才能察覺到。但這種模仿發生得非常徹底，並能一舉取代原本的我，其徹底與迅速讓這種模仿到了舞台叫人難以消受——但這種模仿要能上得了舞台，先決條件是得在瞬間辨到。但除了外在表演，別期待觀眾能看得懂。一名演員根據指示得毆打另一名演員，倘若這名演員在情緒激動下，在意識衝擊過大的情況下，真的打了另一名演員，而另一名演員也因此痛得大聲哀嚎，那麼觀眾勢必立刻變成人而上場勸架。可惜這種表演鮮少發生，真正不斷發生的是那些不入流的演法。爛演員的癥結不在於他不擅於模仿，而在於他囿於本身的教育訓練不夠，經驗不足，天賦不佳，導致以錯誤範本為模仿對象。他最根本的錯誤在於：他沒把表演的分際拿捏好，模仿得太過頭了。他對「舞台要求」的懵懂認知導致他這麼做，不管觀眾認為此演員或彼演員不好，原因不管是他扭捏不安地站在那兒，或指尖不時搓弄著口袋邊緣，或雙手叉腰很不恰當，或分心聽提詞員提詞，無論如何，或不管時代再怎麼改變，都改變不了一項嚴正的事實——縱使拿那個已經從舞台上消失的演員為例，他之所以演得不好，也全都是因為：模仿得太過頭了，即便他這麼做是因為有他自己的想法。他因為自己的能力非常有限，所以唯恐自己怎麼做都不夠。縱使他的能力其實沒有糟到那麼無以復加，他也不想讓人看出：在某些情況下，甚至在祭出意志力之後，他也無法把全部的演技運用出來。

一九一一年十二月三〇至三十一日，《日記》219 頁起

057

所謂的進行交談：當對方不說話，你又要維持交談的表象，並且代替他發言時，就得模仿，就得可笑地模仿，就得對自己進行可笑的模仿。

一九二一年五月八日，《日記》580 頁

就得對自己進行可笑的模仿。

親愛的馬克斯，這是給你的兩本書和一顆小石頭。我總是費盡心思地為你尋找生日禮物，那東西得在看起來可有可無的情況下，既不會變，又不會搞丟，也不會腐朽，更不會被忘記。在苦思了一個月之後，除了送書，我還是想不出其他辦法。但送書還是令人苦惱，一方面書顯得可有可無，一方面卻又相當有趣，那些可有可無的書確實會導致我產生某種想法，但那種想法並不能對我發揮關鍵性的影響，於是最後，我總是又會改變想法，拿起某本有趣得不得了的書。有次我甚至故意忘了你的生日，是啊，總比又送你一本書好，但這當然不好。於是這次我決定送你這顆石頭，而且只要你我還活著，終此一生，我都將送你石頭。倘若你把它放在口袋，它可以用來保護你，放在抽屜，總有用到的時候，即便你扔了它，它還是最棒的。因為，你也知道，馬克斯，我對你的愛遠比我還要大，而且與其說那個愛住在我心裡，不如說是我住在它裡頭，愛在我這個不安定的人身上難以安居，卻能在這顆小石頭上找到堅若磐石的居所，即便它只是夏倫街（Schalengasse）[3]石板路上縫隙裡的一顆小石頭。長久以來，這份愛一直在拯救我，次數遠比你知道的多，尤其是此刻，在我出現前所

譯注3：位於布拉格。馬克斯．布羅德在這條街上一直住到結婚前，亦即住到一九一三年。

未有的、愈來愈不認識自己的情況下，在我完全清醒時亦自覺恍如半夢半醒，如此的輕飄飄，且僅僅只能懷著漆黑的內在繼續行走，所以，向世界丟出這樣的一顆石頭正是時候，這麼一來，就能把確定的東西和不確定的東西分開。但書就剛好相反！書一旦讓你覺得無聊，就會永無止境地讓你覺得無聊，或者，它可能被你的孩子撕壞，又或者，比方說瓦爾澤（Walser）的書，你拿到手時可能早已破舊不堪。但這顆石頭卻剛好相反，它完全不會讓你無聊，這樣一塊石頭不會消逝，即便消逝也是很久以後的事，而且你絕不會忘記它，因為你根本沒必要記住它，最後你還無法永遠失去它，因為你總能在那條最近的且最棒的碎石子路上再次發現它，因它原本就是你看見的第一顆最棒的石頭。而且，無論我再怎麼誇獎也不會傷害到它，因為唯有被誇獎的對象在被誇獎時自覺壓力過大、難以承受，或自覺被損害，感到窘迫，誇獎才能帶來傷害。但一顆小石頭能怎樣？總之，我為你找到了最棒的生日禮物，將它寄給你，並隨信附上一吻，藉此表達我對你無以名之的感謝，感謝有你。

你的法蘭茲

一九一〇年五月二十七日，寫給馬克斯．布羅德的信，摘自《書信集：一九〇二至一九二四年》56頁起

因它原本就是你看見的第一顆最棒的石頭。

閱讀

Lektüren

你寫了封美好的信給我，我想立刻回信給你，或是根本不回信，現在十四天過去，我還沒有回信給你，或許不可原諒，但我是有理由的。一開始我只是想先深思熟慮後再回信給你，因為我覺得這次的回信比以往寫給你的那些信都重要（可惜我沒做到）；其次是因為我一口氣看完了黑貝爾（Hebbel）[4]的日記（一千八百頁），以前我總是只看一點就覺得索然無味。但其實這麼做已經為一連串的關聯揭開了序幕，一開始只是為了好玩，後來我變得像個充滿勇氣的穴居者一樣；穴居者起初只是為了好玩和出於無聊，搬了塊大石頭放在洞穴的出口前，但後來，當石頭讓洞穴變暗了，空氣也不流通了，他才驚覺不對，並奮力想要趕緊把石頭搬開。但石頭現在的重量變成了先前的十倍，在重見光明和讓空氣重新流通前，那人得先在驚恐中拚盡全力。這些日子我同樣提不起筆，因為我預見的生活彷彿正在不斷地堆高，毫無縫隙地往上堆，高到用望遠鏡也看不見頂，我的心因此無法平靜。但心靈受到嚴重創傷是好事，因為這樣它才能變得敏銳，對任何叮咬都反應敏銳。我認為我們應該只讀那種會咬嚙、螫刺我們的書。倘若我們讀的書不能給我們當頭棒喝，那我們為什麼還要讀？

一本書必須像一把斧頭，能擊破我們心中那片冰封的海。

為了讓自己快樂，就像看到你寫給我們的東西？天啊，沒有書我們照樣可以過得很快樂，至於那種能令我們快樂的書，必要時我們甚至能自己寫。我們真正需要的書，其作用得像深深刺痛我們的不幸，得像面對摯愛之死，我們愛此人更甚於己，得像被放逐到森林，遠離了所有的人，得像自殺。一本書必須像一把斧頭，能擊破我們心中那片冰封的海。我如此認為。

一九〇四年一月二十七日，寫給奧斯卡・波拉克的信（Oskar Pollak），
摘自《書信集：一九〇二至一九二四年》27 頁起

060

就像最近唸莫里克[5]（Mörike）的自傳給妹妹們聽，一開始很順利，接下去情況更好，但到了最後，雙手的指尖搭在一起，我只能用依舊平靜的聲音強壓下內心的阻礙，我的聲音開始不停地擴散，終至整間房、我的整個周遭，唯一能聽見的就是我的聲音，一直到父母從店裡返家按下門鈴。

睡著之前，我感覺到在我身上輕飄飄的手臂的拳頭的重量。

一九一一年十二月三日，《日記》181 頁

譯注 4：弗里德里西・黑貝爾（Friedrich Hebbel, 1813-1863），德國劇作家、詩人。

譯注 5：愛德華・莫里克（Eduard Mörike, 1804-1875），德國浪漫主義詩人。

061

因其作品的影響力，歌德（Johann Wolfgang von Goethe, 1749-1832）似乎阻礙了德語的發展。雖然散文在這中間曾多次遠離過歌德，但最後，比方說現在吧，散文終究又在強烈的渴望下回歸於歌德，並且附和那些古老的、雖曾出現在歌德作品中、但其實與歌德毫無關係的文學方向，並藉此饒富興味地端詳著自己無遠弗屆的依賴性。

一九一一年十二月二十五日，《日記》212頁

062

我就這麼度過了這個陰雨綿綿的安靜週日，我坐在臥室裡，無比寧靜，但我竟然沒有想要寫作，沒有像前天那樣一心一意地只想埋首伏案，此刻的我只是久久地盯著自己的手指發呆。我覺得我這禮拜徹徹底底、完完全全地沉浸在歌德的影響中，但那份影響力已經被我徹底用罄，所以現在不管用了。

一九一二年一月七日，《日記》241頁

我現在正在散步。

063

一個字也沒寫。魏爾什（Weltsch）捎來有關歌德的書，激起了我一股混亂且無處發揮的澎湃情緒。計畫要寫篇名為〈歌德的可怕本質〉的文章。但散步恐怕得先花掉我兩小時，我現在正在散步。

一九一二年一月七日，《日記》244頁

064

一股熱情全然佔據了我，讓我不能自已地拚命閱讀歌德（歌德對話錄／歌德的大學生涯／與歌德共度的時光／歌德停留法蘭克福期間），這股熱情讓我完全無法寫作。

一九一二年二月四日，《日記》244頁

065

停不下來的一直閱讀《倫茨》（*Lenz*）[6]，並且直接從他身上——我的感覺就是這樣——擷取到想法。

一九一二年八月二十一日，《日記》285頁

譯注6：德國作家畢希納（Karl Georg Büchner, 1813-1837）的著名小說。

066

可怕的斯特林堡（Strindberg）[7]。那樣的一種憤怒，這些書頁根本是用拳頭拚搏出來的。

一九一四年八月七日，《日記》421頁

067

昨晚我來不及寫信給妳，因為聊《馬販子科爾哈斯》（*Michael Kohlhaas*）[8]聊到太晚，（妳知道這本書嗎？如果不知道，千萬別看！讓我親自為妳朗讀！）前天我其實看了一小部分，但昨天一口氣把它看完。而且看了肯定不下十次。這是一則我以真正的敬畏之情閱讀的故事，且一次又一次地深受震懾，如果不是因為結局較弱且寫得有點粗糙，這本書就臻至完美了，但那種完美，我實在很想說：根本不存在。（我的意思是，即便是超超玄著的文學作品，也還留有一根人性的小尾巴，那根尾巴，只要妳願意，稍微觀察就能看出，它是多麼容易顯露出它的侷促不安，以至於影響了整個作品的偉大及其近似於神。）

譯注 7：奧古斯特・斯特林堡（August Strindberg, 1849-1912），瑞典作家、戲劇家和畫家。

068

一九一三年二月九至十日，《給菲莉絲的情書》291頁起

我的摯愛，我幾乎是不停重複著妳跟我說過的話，與妳再微不足道的分離都令我心焦如焚，我倆之間發生的事，一再讓我覺得氣惱，可面對妳的信，妳的照片，我又屈服了。只是，妳瞧，那四個我自覺與他們血濃於水的人，格里帕策（Grillparzer）[9]、杜斯妥也夫斯基（Dostojewski）、克萊斯特、福婁拜（Flaubert），（雖說就強度與廣度而言，我與他們相去甚遠），他們之中也只有杜斯妥也夫斯基結過婚，並且只有克萊斯特在內外交迫的情況下，於萬湖（Wannsee）邊舉槍自殺時，或許真的找到了出路。這些事就其本身來看，似乎對我們毫無意義，畢竟每個人——即便像我這樣看似身處他們對我們這時代之影響的中心點的人——過的也是全新的人生。但是，這終究是個關乎生命與信仰的根本問題，就此而言，探討這四個人的行為就有意義多了。

一九一三年九月二日，《給菲莉絲的情書》460頁

譯注8：德國劇作家、詩人、小說家克萊斯特（Heinrich von Kleist, 1777-1811）的著名小說。

譯注9：法蘭茲・格里帕策（Franz Grillparzer, 1791-1872），奧地利劇作家。

069

我因心領神會而得以流暢地朗讀《可憐的樂師》（*Der Arme Spielmann*）——並認知到格里帕策這則故事中的男性。這種男性怎麼能什麼都敢，卻又什麼都不敢做，原因在於他心中唯有「真」，他心中的這份真縱使暫時予人負面印象，但是到了關鍵時刻還是能證明自己為真。那是沉穩的自我掌控。一種緩慢且不致有丁點錯失的步調。但必要時又能立刻準備就緒，且不會太早出手，因為他早已預見會到來的一切。

一九一二年八月九日，《日記》282頁

070

妳對《可憐的樂師》的見解全部是對的。我說這故事對我毫無意義，其實只是為了謹慎起見，因為我不知道妳對它會有什麼看法，另外也因為這個故事讓我自覺可恥，彷彿它是我寫的一樣，而事實上它也真的犯了錯，故事裡有一大堆舛誤、可笑、外行或矯揉造作到該死的東西（朗讀時尤其感受深刻，我可以把

「消失」其實是一則故事所能遭遇的最佳命運。

那些段落指出來給妳看），特別是提到樂器練習方式時，那根本是可笑至極的胡說八道，為了啟發少女了解，她店裡所有的東西竟然全能派上用場，這真是太令人生氣了，簡直要引起全世界公憤，尤其是我，我恨不得對這則故事大肆抨擊，直到它因自己的內容而毀滅，這是它應得的下場。但話說回來，「消失」其實是一則故事所能遭遇的最佳命運，尤其是以這種方式。故事裡的那個敘事者，也就是那個可笑的心理學家，他肯定會同意我的看法，因為他或許才是最貨真價實的可憐樂師，一個只能以最不具音樂性的方式來演奏這則故事的樂師，他應該為了妳的眼淚而感激涕零吧。

一九二〇年七月十三日，《給米蓮娜的信》108 頁起

出類拔萃的傑作在我們身邊燒出的那個洞，提供了一個絕佳的途徑，讓其微弱的光芒得以穿透進來。如此一來，那由出類拔萃者點燃的火，就能全面延燒，而非只是帶動模仿。

一九一二年九月十五日，《日記》290 頁

語言

Sprache

072

「如果他一直問（frägt）我，」「問」這個字的母音「a:」就會從句子裡脫落，如球般飛向草地。

一九〇九年五月底，《日記》9頁

073

那個叫人傷心的、只會寫在公司黑板上的「從前」。

一九一二年二月二十八日，《日記》263頁

074

小眾文學（Kleine Literaturen）[10]

我因勒維（Jizchak Löwy, 1887-1942）而對當今華沙猶太文學的認識，以及我（部分原因是藉個人閱讀）對當今捷克文學的認識，在在顯示：這種文學能為文學創作帶來許多優勢；能促進知識分子的運動；能讓在外在生活中常無法發

那個叫人傷心的、只會寫在公司黑板上的「從前」。

揮作用且愈來愈分崩離析的國家意識獲得團結；能建立驕傲與後盾，亦即藉文學國家能為自己建立驕傲與後盾，並以此對抗具敵意的環境；猶如書寫一國之日記，雖全然不同於歷史紀載，但影響所及不僅能加速發展，帶動的還是愈來愈面面俱到的發展；能鉅細靡遺地提升大範圍之公眾生活的精神層次；能結合起社會中的不滿分子，讓他們針對因循怠惰的弊病發揮所長；族群得以藉雜誌之流傳而凝聚，並發展出愈來愈具整體意識的歸屬感；民族專注於自己的事務，並且以外來民族為借鏡；重視從事文學創作的人；暫時卻影響深遠地喚醒青少年力爭上游；將文學的事件引用到政治困擾；改善父子對立，提供對話機會；以一種雖然特別沉痛、卻能諒解而釋懷的方式指出國家缺失；產生一個活躍而有自覺的書市，並刺激對書籍的渴求；以上所有的這些作用，皆可藉這類文學開展，這類文學之發展就其廣度而言雖無特別之處，卻因不具顯著天賦更能有上述表現。這種文學所展現的活力甚至大於天才型的文學，因為寫這種文學的作家並非那種大多數質疑者會礙於其天賦而不敢批評的作家，所以文學爭辯的權利得以在此獲致最大程度的落實。這塊未被天才攻陷的文學領域，也因此不會出現那種能讓「漠不關心」藏身其中的漏洞。這種文學對於關注的需求

譯注 10：常見的翻譯還有「小文學」或「少數文學」等。

其實更迫切。個別作家的獨立性，這裡當然是指在其國家範圍內，將獲得更好的保障。因缺乏令人難以抗拒的國家級典範，所以正好可以把那些根本沒有能力的人排除在文學之外。即便具有些微文學能力，也不足以讓人得到主流作家之不明顯特徵的陶冶，或得以汲取外來文學的成果，或有能力模仿引進的外國文學，這一點從下面的例子可以看得更清楚，比方說某種才華橫溢的文學，例如德國文學，在其範圍內，連最爛的作家在模仿時，也都是以本國文學為範本。一本本單獨看來並不好的文學，這種文學的力量，亦即在上述方向上所表現的充滿創造性且成功開展的力量，在人們開始以文學史的方式去記錄其已故作家時，這股力量的作用會更明顯。這些無論是過去或現在所展現出來的、不容反駁的作用，是如此之真實，以至於跟文學作品本身旗鼓相當。人們在提到後者（作品）時，指的常是前者（作用），是啊，甚至嘴裡朗讀的雖是後者（作品），但眼裡看到的卻只有前者（作用）。由於那些作用令人無法忘記，加上文學作品本身又無法獨力形成記憶，所以也就無所謂被忘記或再次憶起。但文學史卻提供了一個不會改變且永遠值得信賴的區塊，此區塊是當今之閱讀偏好難以危害的。小國的記憶並不比大國的記憶少，卻更能徹底地處理記憶內

文學本來就跟文學史沒多大關係，而是跟人民有關。

容。雖然與文學史相關的部分被處理的不多，但文學本來就跟文學史沒多大關係，而是跟人民有關，正因為跟人民有關，所以這種文學即使沒有得到一致的推崇，也必定能受到讚賞。因為弱小民族內部的國家意識會對每個人形成這樣的要求：每個人都得對投射在他身上的文學有所認知，而且還要能負載它，甚至在尚未認知且尚未負載的情況下，依舊願意義無反顧地捍衛它。

舊的文學作品會有許多詮釋，相對於它貧弱的內容，詮釋更具能量，這股能量只能以恐懼抑制它，恐懼它最後會輕而易舉地反客為主，或透過適度的表達敬畏來抑制它。這一切的發生雖說是自然而然，但其實卻是發生在偏見中，這種偏見不但不會消失，不會疲憊，還能巧手一翻就散播出去。但偏見阻礙的畢竟不只是前瞻性的展望，它還阻礙了認識，於是所有其他的意見和評論就會被一筆勾銷。

因為少了居中牽線的人，也就不會有文學的交流行動。（壓抑單一事件，好居高臨下觀察它，就單一事件大聲疾呼，好讓各界評論它。這都是錯誤的。）單一事件雖然能讓人較心平氣和地思考，卻也會讓人摸不著邊際，不清楚它跟其他同類事件到底有什麼關係，透過政治其實最容易明白這個分際，沒錯，你甚至會迫不及待地及早（甚至在分際還沒形成時）看見它，此後更會常常到處發現這條建立關係的分際。由於空間的狹窄，加上顧及統一性和均衡性，最後更考慮到：根據文學的內在獨立性，它與政治的外在連結根本無傷大雅，於是便可結論出：若要讓這種文學在國內廣為流傳，就得讓它跟政治標語緊密相連。普遍來講，這種文學創作偏好較小的主題，而且主題通常要小到只有一小群人會受此主題的鼓舞，卻能挑起論戰並得到支持。文學思考的論辯此起彼落，在情緒激昂的圈子裡迴蕩著。那些偉大文學在其範圍內成就，就像為一棟建物打造出可有可無的地下室，相反的，這種文學的成就卻是滿室生輝；在偉大文學那兒所發生的一切，不過是些臨時湊合的現象，但這種文學開展出來的，卻是和所有人休戚相關的決定。

簡列小眾文學之特徵：

只談正面作用，無論是在此或在其他任何情況下。

逐項來看作用更大。

一、充滿活力

A　論戰

根據文學的內在獨立性，它與政治的外在連結根本無傷大雅。

B 教育

C 雜誌

二、擺脫窠臼

A 沒有一定的原則

B 傾向選擇小的主題

C 容易形成符號

D 淘汰不適者

三、大眾化

A 與政治結合

B 文學史

C 相信文學，將文學的法則交由文學自己去決定

當你一整個感受過這個既有用又歡樂的人生以後，就很難再改變想法了。

一九一一年十二月二十五至二十七日，《日記》206-210頁

一場關於意第緒語（jiddische Sprache）[11]的演講

在開始朗讀東歐猶太詩人的詩歌前，各位先生，各位女士，我想先告訴各位的是：您能聽懂的俚語（Jargon）其實比您相信的多。

我並不擔心各位因今晚的朗讀會而產生的那份心理作用，但倘若值得，我想解除它。不過，只要各位當中有人對俚語心存恐懼，而且是恐懼就寫在臉上，那麼這種心理障礙就難以解除。我指的並非那些以傲慢態度反對俚語的人。而是真正恐懼俚語的人，但當然你也可以說，恐懼基本上就帶有一定程度的反感，這一點是可以理解。

保守而大抵上說，我們在西歐的情況可說井然有序；一切都乖乖地按部就班。我們生活在令人愉快的一致性當中，必要時就能互相了解，不想要溝通各行其是也行，到時候再溝通就好；所有事物都在如此井然有序的情況下，誰還有能力去理解混亂的俚語？或還有興趣去理解？

這些俚語是很年輕的歐洲語言，才四百多年，甚至更年輕。當時它其實沒有我

您能聽懂的俚語其實比您相信的多。

們現在看到的準確的語言形式。它的表達方式通常是簡短急促的。

俚語沒有文法。愛用者試圖要幫俚語編寫文法，但是俚語會一直說下去；它沒有停歇的時候。人們並不打算把它交給文法家。

俚語源自於外來語。但外來語並沒有流傳下來，而只保留了外來語的急促和活力。俚語隨著民族到處傳播。所有這些語言，德語、希伯來語、法語、英語、斯拉夫語、荷蘭語、羅馬尼亞語，就連拉丁文都因為好奇和隨興而被收入俚語當中，其實這也算是一種力量，在這種情況下將各種語言熔於一爐。所以任何有理智的人都不會想把俚語變成世界語言，即便它其實已經很接近世界語了。

不過幫派「切口」特別喜歡採用，因為切口跟個別的語詞不同，切口比較不依賴語言的整體脈絡。另外，還因切口本來就是比較受鄙視的語言。

但在這樣的語言活動中，其實還是存在著已知語法的蛛絲馬跡。比方說，俚語最初發源於中古高地德文過渡到現代高地德文的時期。當時產生了可供選擇的語言形式，中古高地德文採用了這種，而俚語採用了另一種。另一種情況是，相較於現代高地德文，俚語沿用了更多中古高地德文的形式；例如，俚語中的「mir seien」（我們是）（也就是現在高地德文的「wir sind」），源自中古高

譯注 11：猶太德語。

地德文的「sîn」，所以就自然演變來講，「mir seien」這句俚語比現代高地德文的「wir sind」更接近中古高地德文。又或者，有些俚語直接就保留了中古高地德文的形式，即便它現在是被用在現代高地德文中。東西一旦出現在猶太區，就沒那麼容易一下子被抹去。所以「Kerzlach」（小蠟燭）、「Blümlach」（小花朵）、「Liedlach」（小曲子）這些語言形式才會保留下來。

俚語的形成除了隨興和語法的影響外，還大量接收了方言。沒錯，俚語本來就源自於方言，連書寫語言都是，絕大部分的俚語都適合書寫。

就以上所述，各位先生，各位女士，一時間連我都要相信：各位可能會聽不懂俚語了。

但切勿期待詩歌的解釋能提供您幫助。倘若您無法聽懂俚語，那麼現場的臨時解說也幫不了您。最好的情況下您只能聽懂解釋本身，並意識到，待會兒的確會出現困難，就這樣。讓我舉個例給您聽：

勒維先生將在此朗讀三首詩歌，等一下的節目確實是這麼安排的。首先是羅森菲爾德（Rosenfeld）先生的〈新移民〉（Die Grine），其實「Grine」一詞原來的意思是「嫩綠」（Grünen），是新手（Grünhörner），指的是剛到美國的新

如果您執著於解釋，結果真正存在於當中的反而會視而不見。

移民。在這首詩歌裡，一小群猶太移民提著他們髒兮兮的行李走在紐約街頭。待會兒觀眾肯定會聽得聚精會神，並驚訝於他們的行為，然後跟著他們前行，開懷大笑。那個因為此情此景而有感而發的詩人超越了自己，並藉描述那樣的街頭場景，進一步直指猶太民族與人性。從那首詩裡我們將獲得這樣的印象：詩人在描述那群移民時，他們彷彿停下了腳步，但事實上他們在遠方，當然不可能聽見詩人說話。

第二首是弗魯克（Frug）的〈沙與星辰〉（Sand und Sterne）。內容是關於聖經的應許的刻薄解釋。詩云：我們將如海邊之沙，如天上星辰。如沙般被踐踏，這經驗我們有，但什麼時候我們真能體會到如星辰？

第三首詩是弗里施曼（Frischmann）的〈夜是寂靜的〉（Die Nacht ist still）。一對戀人在夜裡遇到一位正要去禱告堂的猶太教師。他們驚懼萬分，深恐會洩漏行蹤，但後來又互相安慰。

就這樣，您看吧，這樣的解釋根本無濟於事。如果您執著於解釋，在聆聽朗讀時會一直想尋找已經知道的東西，結果真正存在於當中的反而會視而不見。幸好，所有通曉德語的人都有能力聽懂俚語。因為就旁觀者而言，俚語的表面可理解性其實是由德語構成的；跟世上其他所有語言相比，這是個優點。但很公平的，相較於其他所有語言，它也有它的缺點。亦即你無法把俚語翻譯成德文。俚語跟德文之間的關係既脆弱又重要，所以不可能一下子就把這些關係扯斷。但這些俚語一旦被譯回德文，被譯回去的，這麼說吧，就已經不再是俚語了，而是少了本質的東西。舉例來講，把俚語譯成法文，法國人就會懂得俚語的意思，但譯成德文就毀了。比方說，俚語的「死」（Toit）當然不等於德文的「死」（tot），俚語的「血」（Blüt）也絕非德文的「血」（Blut）。

但也不一定非得從局外人的角度才能了解俚語，各位先生，各位女士，您也可以靠近些。至少不久前才出版了一本有關德國猶太人習慣語的書，無論是住在城市或鄉下，是較靠近東方或較靠近西方的猶太人，這本書多少都算得上是俚語的入門書，許多細膩差異都收錄進來。俚語的歷史發展也因此看似能在當代的地面上追溯到深刻的歷史淵源。

其實您只要想著，除了知識之外您還有其他能力，憑藉那些能力，您就能用感覺去聽懂俚語，如此一來您與俚語的距離就能一下子拉近許多。然後現場進行

特權者滿懷擔憂地向被迫害者致歉，但這種擔憂其實是一種為了維持特權的憂心。

解說的人就真的能幫上忙了，他將安撫您的不安，讓您不再覺得排除在外，甚至能讓您看清：自己再也不能抱怨聽不懂俚語了。這是最重要的一點，因為任何抱怨都會削弱理解。只要您靜下心來，就會突然發現自己已經進入俚語之中。可一旦掌握住俚語——俚語涵蓋的其實是所有的一切，文字、哈西第教派（chassidisch）音樂、東歐猶太演員自身的性格——您就再也回不去從前的平靜了。您將感受到俚語真實的完整性，且感受強烈到令您害怕，但這次您害怕的對象不再是俚語，而是您自己。倘若您沒有立刻從俚語中產生自信，能與此害怕相抗衡且比這害怕更強烈的自信，那麼這份害怕將讓您無力招架。請盡情享受吧！明天或之後，當這份自信消失後——怎麼能單憑對一場朗讀會的記憶呢！——願您也同時忘記了那份害怕。畢竟我們可不想讓您因此受罪。

一九一二年二月十八日，東歐猶太演員伊扎克．勒維之朗讀晚會的導讀稿，
摘自《鄉村婚禮籌備及遺稿中的其他散文》421-426 頁

自由與正義

Freiheit und Gerechtigkeit

特權者滿懷擔憂地向被迫害者致歉，但這種擔憂其實是一種為了維持特權的憂心。

076

一九一七年十二月二十三日，《鄉村婚禮籌備及遺稿中的其他散文》97頁

二十五歲前至少要有段時間偷懶過，沒這麼做過的人真令人遺憾，因為我對此深信不疑：賺的錢帶不進墳墓，偷懶的時間卻可以。

077

一九〇七年十至十一月，寫給黑德維希．魏勒（Hedwig Weiler）的信，摘自《書信集：一九〇二至一九二四年》50頁

你可以跟世間的痛苦保持距離，這是你的自由，也符合你的本性，但這種保持距離，或許是你唯一能避免的一種痛苦。

078

賺的錢帶不進墳墓，偷懶的時間卻可以。

考試

我是個僕人，卻沒有差事要我做。我很膽小，不會主動出頭，沒錯，我甚至不會湊上前去跟其他人擠成一排，但這只是我無差可當的原因之一，也有可能跟我的無差事可做根本無關，總之主要原因是，我沒有被叫去當差，其他人都有差事了，所以不需要我毛遂自薦，但也許他們從不希望自己被叫，而我卻至少有時候強烈地希望過。

我躺在僕役房的木板床上，望著屋頂的樑木，睡著，醒來，再次睡著。有時我會到對街的酒館去，那裡有賣酸啤酒，我偶而會厭惡地還沒喝就先潑掉一杯，但接著我又會繼續喝。我喜歡坐在那裡，因為坐在那扇關起的小窗後，沒有人會發現我，還可以遙望我們那棟房子的窗戶。從對街這邊其實看不清楚那邊的情況，我想，看到的只是長廊上的窗戶，而且還不是通往主人住處的長廊。當然也有可能是我搞錯了，但真的有人這麼跟我說過，雖然當時我並沒有問他，而且房子的正面給人的整體印象也是如此。那些窗戶很少打開，如果被打開，一定是某個僕人所為，為的是要靠在欄杆上往下看一會兒。那裡只是長廊，在那兒他不會受到驚擾。順便一提，那些總是在上面當差的僕人我並不認識，他們睡在別處，不跟我同寢室。

有一次我走進酒館，我固定坐在那兒觀察的位置已經坐著一名酒客了。我連看都不敢細看，就轉身朝門邊走去，並打算離開。但那人把我叫過去，他看起來也是個僕人，我曾在某處見過他，只是從未跟他說過話。「你為什麼要走？坐下來呀，一起喝酒。我請客。」於是我坐了下來。他問了我一些問題，我無法回答，是啊，我甚至聽不懂他的問題。於是我說：「現在你後悔邀請我了吧，我還是走吧。」我正想起身，他卻把手伸過桌面，將我按下。「別走，」他說：「這可是一場考試。回答不了這些問題的人才能通過。」

一九二〇年夏末至秋，《一次戰鬥紀實。遺稿中的小說、草稿及箴言》134頁起

080

人類擁有自由意志，而且是三重的：

這可是一場考試。回答不了這些問題的人才能通過。

首先，在他決定要過此人生時，當時他是自由的；但現在他不能將它倒回去，因為他已經不再是當初那個決定要過此人生的人了，人生要能成為這樣，得藉由他已經活著來實踐他當初的意志。

其二，他是自由的，當他選擇了度過此生的方式和路徑。

其三，他是自由的，當他想要再次成為以前的自己，在任何條件下都要度過此生，並且以此方式回歸自己，亦即藉由一條雖可選擇、卻無論如何都宛如迷宮般錯綜複雜的路，而且複雜到他絕不會錯過此生的任何一個小角落。

這就是自由意志的三重內涵，但因為此三者同時發生，所以三者其實是千篇一律的，而且太過單調了，以至於根本沒有意志的容身之處，無論是自由的或不自由的意志。

一九一八年二月二十二日，《鄉村婚禮籌備及遺稿中的其他散文》50頁

180

幫助正在某處等著我，驅趕者會引導我前往。

一九二二年三月九日，《日記》576頁

082

牲畜奪下主人手中的皮鞭，牠為了成為主人而鞭打自己，殊不知這只是一種幻覺，是主人在皮鞭上打的一個新結所產生的幻覺。

一九一七年十一月二十一日，《鄉村婚禮籌備及遺稿中的其他散文》42頁

083

他是世上一名自由且受保護的公民，因為他被綁在一根長長的鏈子上，鏈子長到足以讓他自由地去到世上的任何角落，卻也剛好長到讓他無法超過世界的邊界。但他同時是天上一名自由且受保護的公民，因為他同樣被一條類似的計算得剛剛好的天上的長鏈拴住。他想往人間去，脖子上那條天上的鏈子就會勒住他，他想往天上去，人間的那條就會勒住他。但縱使這樣，他仍擁有所有的可能性，並感覺得到這些可能性；沒錯，他甚至拒絕將這一切歸咎於一開始繫上鏈子的錯誤。

一九一七年十二月十四日，《鄉村婚禮籌備及遺稿中的其他散文》46頁

幫助正在某處等著我，驅趕者會引導我前往。

所有的一切，連最普通的事，比方說在餐廳裡接受服務，他都得藉助警察才能強迫自己做到。這讓生活喪失了所有的愜意。

084

一九二〇年一月十四日，《鄉村婚禮籌備及遺稿中的其他散文》419 頁起

085

在法律之前

在法律之前站著一個守門人。有個鄉下人朝守門人走去，請求進入。但守門人說現在不能讓他進去。男子想了想之後問，那以後可以讓他進去嗎？「有可能，」守門人說：「但現在不行。」通往法律的大門始終敞開，而且守門人只是站在一旁，男子便彎腰，朝門內探看。守門人見狀笑道：「如果它這麼吸引你，我雖不能放行，你還是可以闖看看啊。但是我提醒你：我很強壯，卻只是最基層的守門人。從一個廳到下一個廳都有守門人，而且一個比一個魁梧。才第三個守門員，連我見到他的模樣都受不了。」鄉下人沒想到會有這麼多困難；他原以為法律應是人人皆可隨時親近的，但現在當他細細打量穿著皮大衣的守門人，看著他偌大的尖鼻子，稀疏的韃靼人黑色長鬚，他決定寧願等，等到獲准進去為止。守門人給了他一張凳子，讓他在門旁邊坐下。他日復一日，年復一年地坐在那裡。他用盡各種方法，希望能獲准進入，他的請求讓守門人不堪其擾。守門人經常盤問他一些小事，問他家鄉的事和其他許多事，但都是些守門人並非真正關心的事，就像那些大人物在提問，而且最後守門人總會說，還是不能放他進去。男子為了這趟旅行裝滿行囊，他傾其所有，無論那東西再怎麼有價值都拿出來賄賂守門人。守門人雖收下了一切，卻說：「我收下，是為了讓你不要誤以為自己少做了什麼。」多年過去，男子從未間斷地觀察著守門人。他忘記了還有其他守門人，他僅覺得這首當其衝的第一個守門員是他進入法律之門的唯一阻礙。對此不幸際遇男子破口大罵，頭幾年罵得肆無忌憚且大聲，但後來，他老了，只能喃喃自語地叨唸。他變得孩子氣，基於對守門人的長年研究，他連藏在他皮衣領子裡的跳蚤都認得，他拜託那些跳蚤幫他說服守門人改變心意。最後他的視力變弱了，他不知道周遭是否真的變暗，或只是他的眼睛欺騙了他。但就在此時，在一片昏暗中他看見了一道光，光線

在法律之前站著一個守門人。

從法律之門裡清晰地射出來。現在他沒多久可活了。死前，這些年累積的所有經驗在他腦中匯聚成一個問題，一個他從未問過守門人的問題。由於男子逐漸僵化的身體已經站不起來，所以他朝守門人招招手。守門人朝他深深地彎下腰，因為兩人的身材差異。「你現在還想知道什麼？」守門人問：「你真是不知足。」「所有的人都在追求法律，」男子說：「但這麼多年來，為什麼除了我，沒有人要求要進去？」守門人看得出男子就快死了，為了讓聽力嚴重退化的他聽見，守門人朝他大聲喊道：「沒有人能從這兒獲准進入，因為這入口是專為你而設。現在我要走了，而且我會把門關上。」

一九一四年歲末，《卡夫卡短篇集》158-160頁

疏離或無聲的樂章

Verfremdungen oder Die Musik der Stille

086

童話故事我不熟，卻一直覺得它像個遠方的愛人，大概就像睡美人吧，倘若走到她身邊，我不會喚醒她，反而會想跟她一起沉睡，讓睡眠把她和我往下拉得更深。

一九二一年六月後，寫給羅伯・克羅普史托克（Robert Klopstock）的信，摘自《日記和書信集》320 頁

087

海神波塞頓對祂的海感到厭倦。三叉戟從祂手中滑落。祂靜靜地坐在岩岸上，一隻對其現況感到迷惘的海鷗盤旋其上。

一九一八年初，《鄉村婚禮籌備及遺稿中的其他散文》128 頁

088

許多亡靈只忙著舔食冥河中的水，因冥河源自於我們這兒，仍然有這兒的海洋

倘若能建巴別塔而不去爬它，就有可能獲准建造。

鹹味。冥河厭惡地拱起身來，掀起一波反向的波濤，將死者沖回生前。他們好快樂，高歌致謝，並藉此安撫憤怒的河。

一九一七年十月二十日，《鄉村婚禮籌備及遺稿中的其他散文》39頁

089

倘若能建巴別塔而不去爬它，就有可能獲准建造。

一九一七年十一月九日，《鄉村婚禮籌備及遺稿中的其他散文》41頁

090

我們挖巴別井吧。

一九二二年十月，《鄉村婚禮籌備及遺稿中的其他散文》387頁

091

少女的書簡是美好的，既美好又可怕，是夜裡充滿誘惑的聲音，賽倫女妖就是這麼唱歌的，倘若你認為她們是刻意勾引，那對她們太不公平，她們自知有利爪，沒有豐滿的胸脯，所以才大聲控訴，不料竟如此動聽，她們也無能為力。

寫給羅伯．克羅普史托克的信，一九二一年十一月，摘自《書信集：一九〇二至一九二四年》362頁

092

普羅米修斯（Prometheas）

傳說總是試圖要解釋那難以解釋的東西；但傳說是奠基於真相，所以終究會解釋不清。

關於普羅米修斯有四則傳說。第一則說，他為了人類而背叛諸神，因此被綁在高加索山的岩壁上，諸神命老鷹去啄食他不斷重新長出的肝臟。

第二則傳說則說，普羅米修斯在利喙啄食的劇痛下，身體奮力地朝著岩石擠壓，愈壓愈深，終至與岩石合而為一。

而根據第三則傳說，經過數千年，他的背叛已經被遺忘，諸神忘了，老鷹忘了，連他自己也忘了。

第四則傳說說，大家開始對這件不明就裡的事感到厭煩。諸神厭煩了，老鷹厭煩了。連傷口也不耐煩地再度癒合。

傳說總是試圖要解釋那難以解釋的東西。

留下的只是解釋不清的岩壁。

一九一八年一月十七日，《鄉村婚禮籌備及遺稿中的其他散文》100頁

093

擎天神阿特拉斯（Atlas）大可以說，只要他想，他就可以丟下地球，然後逃走；但除了這麼說之外，其他事他都不准做。

一九一八年一月底，《鄉村婚禮籌備及遺稿中的其他散文》107頁

094

有關桑丘・潘薩（Sancho Pansa）的真相

桑丘・潘薩是個從不自誇的人，多年來，他在傍晚和夜間大量利用騎士小說和強盜小說轉移了那個後來被他取名為「唐吉訶德」的魔鬼對他的注意力，導致魔鬼不由自主地做出許多極為瘋狂的行徑，幸好那些行徑在少了原本是桑丘・潘薩的這個對象以後，並未危害到任何人。桑丘・潘薩成了自由之身，也許是出於責任感，他沉著冷靜地跟著唐吉訶德踏上了征途，直到終老都以此作為寓教於樂的最好話題。

095

一九一七年十月二十一日，《鄉村婚禮籌備及遺稿中的其他散文》76頁起

他力抗旁人對他的定見。就算人不會出錯，在別人身上也只能就自己眼光所及地看到那個部分。而就像所有的人一樣，只不過更加誇張，他有一種自我設限的癮頭，那種自我設限就像他人投射在他身上的眼光的力量。倘若魯賓遜不肯離開島上的最高點，或者更正確的說法，不肯離開島上視野最佳的地方，不管是為了自我安慰、屈從，或是害怕、無知、渴望，總之他應該很快就會自取滅亡；但是幸好他放下了那些船以及破爛不佳的望遠鏡不顧，開始摸索整個島嶼並且優游其間，所以他活了下來，而結果也很順理成章地獲救了。

096

一九二〇年二月十八日，《一次戰門紀實。遺稿中的小說、草稿及箴言》297頁

有人帶了一只破舊的小壁櫃過來。它是鄰居從他遠房親戚那兒繼承來的，而且

這櫃子根本無法打開，只能撬開，但這也不失為最簡便的好辦法。

是唯一的繼承，他用了各種方法試圖打開它，但就是打不開，最後他把東西帶來找我的師傅。這任務不輕鬆。不只因為沒有鑰匙，還因櫃子根本找不到鎖。要嘛就是這個櫃子有祕密機關，但那種機關只有極熟悉這種東西的人才能破解，不然就是這櫃子根本無法打開，只能撬開，但這也不失為最簡便的好辦法。

一九二二至二三年秋至冬，《鄉村婚禮籌備及遺稿中的其他散文》290 頁起

097

雜種

我養了一隻獨特的動物，半像貓，半像羊。牠是父親的遺物，但在我養了牠之後才開始產生變化，從前牠比較像羔羊，不像貓，現在卻是一半一半。頭和爪子像貓，大小和身形像羊，眼睛則兩者都像，目光閃耀而溫和，毛髮柔軟且服貼，至於動作，既能蹦跳又能匍匐潛行，艷陽高照時牠愛窩在窗台上打盹，可一到草地上又能飛快奔跑，叫人抓不到牠，牠一見到貓就躲，一見羊就想攻擊，月夜的屋簷是牠最愛行走的路，牠不但發不出喵的聲音，還看見老鼠就怕，但埋伏在雞舍旁，卻又能一埋伏就是數小時，可又從未見牠真的趁機攻擊過，我用香甜的牛奶餵養牠，牛奶對牠最為有益，牠會大口大口地往嘴裡吸，只見牛奶滑過牠掠食動物的利齒，不停地往嘴裡送。對孩子們而言這當然是精彩絕倫的表演。星期天上午是會客時間，我把小動物抱在懷裡，鄰居的小孩全圍著我。所有稀奇古怪的問題全出籠了，都是些沒人回答得了的問題。我當然不會費心回應，我只會不多加解釋，向他們展示我擁有的東西。有時孩子們會把貓帶來，有一次甚至帶了兩隻羔羊來；可惜並沒有上演他們預期的相認戲碼，動物們睜著牠們的大眼靜靜對望，顯然彼此承認對方的存在乃神蹟使然之事實。我懷裡的動物既不見害怕，也沒有湊過去的衝動。牠窩在我的懷裡顯然最感舒適。牠只忠於將牠養大的家庭。這其實並非什麼非比尋常的忠誠，而是動物的正常的本能，像牠這樣的動物在世上雖能締結無數姻親，卻可能連一個親近的血親都沒有，所以對牠而言，從我們這兒得到的保護乃神聖的。有時牠湊在我身上到處聞，或纏在我腳邊鑽來鑽去，不肯離開我半步，這時我總會忍不住笑。牠已經是羊又是貓，竟然還不夠，牠簡直還想當狗。我當真覺得牠很像。牠承受著雙重的焦躁不安，來自貓的和來自羊的，但這兩種不安是如此的不同。職是之故，牠的皮對牠而言太緊繃。對牠這樣的動物而言，屠夫的利刃

但牠是繼承來的遺產，這種解脫我給不了牠。

或許是個解脫，但牠是繼承來的遺產，這種解脫我給不了牠。

一九一七年三月，《一次戰鬥紀實。遺稿中的小說、草稿及箴言》108-110頁

098

回家

我回來了，穿過走廊，環顧四周。這是父親的老宅。水塘在屋中央。老舊、廢棄的工具雜亂堆疊，擋住了通往地窖的梯子。一隻貓蟄伏於欄杆上。一塊破破爛爛的布，我們有次玩遊戲時把它綁在竿子上，讓風輕輕吹拂。我到家了。誰來迎接我？廚房的門後有誰在等待？煙囪裡冒出裊裊炊煙，晚餐的咖啡業已煮好。你有回家的感覺嗎？覺得是在家裡了嗎？我不知道，非常不確定。這是我父親的家，卻只存在著一隅隅的冰冷，好似所有的一切都有它自己的事要忙，那些事，有的我已經忘記，有的我從來就不清楚。即便我是父親的兒子，是莊園主人的兒子，那些事我幫得上什麼忙？我之於它們又算什麼？我不敢去敲廚房的門，只敢遠遠傾聽，就這麼站在遠處聽，但並非那種期待會有什麼驚喜的側耳傾聽。因為我是遠遠的聽，所以我什麼也聽不見，唯一聽見的是一記輕輕的鐘響，或我自以為聽見了來自兒時的鐘聲。其他發生在廚房裡的事，是坐在那裡頭的人的祕密，他們不會讓我知道。你在門前猶豫得愈久，就愈會變成一個陌生人。此刻如果有人開門，詢問我，那該有多好。但如此一來，我自己不也就成了另一個不想讓人知道其祕密的人。

一九二三至二四年冬，《一次戰鬥紀實。遺稿中的小說、草稿及箴言》139頁

099

茲證明，即便是不起眼的東西，甚至是幼稚的東西，也能充當救援工具。

為了倖免於賽倫女妖的誘惑，奧德修斯（Odysseus）用蠟塊封住自己的耳朵，又命人把他緊緊綑綁在船桅上。當然，除了那些在遠處就已經受到女妖迷惑的人，否則所有行經此地的人早就都可以這麼做，可惜全天下的人都知道，這麼做根本沒用。女妖的歌聲能穿透一切，蠟塊也不例外，而且受誘惑者的熱情可以扯斷任何比鐵鏈和船桅更堅固的束縛。雖然奧德修斯可能也聽說過這些話，但他完全不理會。他全然相信自己手中的蠟塊和鐵鏈，並且對此工具充滿天真的喜悅，然後駕著船朝海妖而去。

你在門前猶豫得愈久，就愈會變成一個陌生人。

但女妖其實有比歌聲更可怕的武器，那就是她們的沉默。雖然沒有發生過，但不難想像：或許真有人能從她們的歌聲中逃過一劫，但絕逃不出她們的沉默。那種靠自己的力量贏過女妖的感覺，以及隨之而來的得以睥睨一切的驕傲，沒有任何凡夫俗子抗拒得了。

果不其然，當奧德修斯抵達時，威力無邊的女歌者沒有唱歌，無論她們是因為認為這個對手只能用沉默馴服，還是因為望著奧德修斯因為想著蠟塊和鐵鏈而泛著喜悅的臉而把所有歌都忘了，總之女歌者沒有唱歌。

但是奧德修斯（為了方便表達，且容我這麼說）卻沒有聽見她們的沉默，他以為她們正在唱歌，以為自己之所以沒聽見，是因為做了保護措施。倉促中他只看見她們的喉嚨上下跳動，看見她們在用力呼吸，看見她們熱淚盈眶，還有半張著的嘴，奧德修斯以為這應該就是在唱詠嘆調，在他身邊無聲地響起。隨著他將目光遠眺，一切很快從他眼前掠過，女妖乖乖地從他眼前消失，連離她們最近時，奧德修斯也無視於她們的存在。

其實女妖美艷更勝往昔，她們起身顧盼，可怕的長髮在風中飄逸，攤開利爪擱在岩石上，她們再也不想誘惑人了，只想目不轉睛地捕捉奧德修斯的大眼睛綻放的光芒。

女妖真該意識到，她們當時很可能被殺。她們雖活了下來，但奧德修斯也逃脫了她們的魔爪。

此外還流傳著一則與此相關的後記。據說，奧德修斯非常狡猾，他是連命運女神都無法看透其內心的狐狸。雖然就人類的智慧有多高，我們不得而知，也許他其實早就發現女妖並沒有在唱歌，卻故意利用上述作法虛晃一招，以此作為盾牌對付女妖和諸神。

一九一七年十月二十三至二十四日，《鄉村婚禮籌備及遺稿中的其他散文》78-80頁

100

他所做的一切，讓他感到無比新鮮，但相對於這個不可思議的新鮮感，他卻也感到自己無比外行。不能傳承歷史，讓人難以忍受，世代間的環節崩斷了，那至今為止至少能隱約感知到的人間旋律，第一次墜入深淵，中斷了。有時在他的自負中，他擔心世界更甚於自己。

一九二〇年一月十三日，《一次戰鬥紀實。遺稿中的小說、草稿及箴言》291頁

此靜默代表的其實是聆聽：馬就是這樣在車前奔馳。

101

「絕對不要從這口井的深處汲水。」
「什麼樣的水？什麼樣的井？」
「究竟誰在問？」
靜默。
「這是什麼樣的靜默啊？」

一九二〇年夏末至冬，《鄉村婚禮籌備及其他遺稿中的散文》337 頁起

102

表面上的靜默，日子、季節、世世代代、歲歲年年在這樣的靜默中不斷接續，此靜默代表的其實是聆聽：馬就是這樣在車前奔馳。

一九一八年一月底，《鄉村婚禮籌備及其他遺稿中的散文》107 頁

103

你沒有必要離家出走。留在桌邊，仔細聆聽。其實連聽都不必，等就好了。甚至連等都不必，徹底安靜且獨自一人就好。世界會主動向你展開，它也只能這樣，它將在你面前瘋狂地扭曲纏繞。

一九二〇年夏末至冬《鄉村婚禮籌備及其他遺稿中的散文》54頁

104

……妳到底知不知道我沒有看過有誰像我這麼完全沒有音樂細胞（Unmusikalität）的？

一九二〇年六月十四日，《給米蓮娜的信》65頁

105

沒有音樂細胞是個大不幸，這件事並非那麼完全沒有疑問；一開始，沒有音樂細胞對我而言並非什麼不幸，只是祖先的遺傳（祖父雖是斯特拉科尼茨〔Stra-

---

天空是靜默的，唯有靜默，才會有回音。

konitz〕附近一個小村莊的屠夫，並不代表我必定會因為他屠宰了很多牲畜而特別愛吃肉），但遺傳觀點提供了我一定程度的依據，是啊，親人之於我一向意義重大，可是後來它還是變成人生的不幸，類似或等同於無法哭泣，無法入睡。而能理解那些有音樂天分的人，幾乎就代表了他自己沒有音樂細胞。

一九二〇年六月二十五日，《給米蓮娜的信》79頁

106

天空是靜默的，唯有靜默，才會有回音。

一九一七年十二月七日，《鄉村婚禮籌備及遺稿中的其他散文》91頁

以嘗試結婚作為生活的形式

Der Heiratsversuch als Lebensform

107

我愛她，卻無法與她說話，我跟蹤她是為了不要遇見她。

一九二〇年夏末至秋，《鄉村婚禮籌備及其他遺稿中的散文》252頁

108

女人，或說得更精準一點，也許該是婚姻，乃人生的代表，是你該好好探討的對象。世界用來誘拐我們的工具正如同對我們的擔保一樣，它保證這世界只是個歷程的。是該這樣，因為只有這樣，世界才能誘拐得了我們，這的確符合事實。只不過糟糕的是：在我們被幸福地誘拐之後，卻會把保證的內容給忘了；於是乎，善把我們誘拐至惡，女人的眼神誘拐我們上了她們的床。

一九一八年二月二十三日，《鄉村婚禮籌備及其他遺稿中的散文》118頁起

109

一開始你把我的結不成婚跟其他失敗混為一談；要我不反對的話，前提是：你

我跟蹤她是為了不要遇見她。

得接受我截至目前為止對那些失敗所作的解釋。結不成婚的確可以跟其他失敗擺在一起，不過你低估了這件事的意義，你之所以低估這件事的意義，是因為我倆在交談時根本各說各話。我敢說，嘗試結婚這件事對我的意義是你這輩子從未遭遇過的。我的意思不是說，你這輩子未曾經歷過意義同樣重大的事，相反的，你的人生比我更豐富、更憂心忡忡、更危懼不安，但正因如此，你沒有經歷過我所經歷過的。這就像：有人爬上五階矮梯，另一個人卻只能跨上一階，但那一階的高度，至少對他而言，卻相當於前者的五階；但前者不只征服了那五階，他又繼續跨上了百階、千階，他創造了一個偉大的而辛苦的人生，但他所跨越的那些階梯，沒有任何一階具有如後者的那個階梯那般的意義。那最初的一階是高聳的，是用盡所有力氣也不可能爬上去的，那一階對他而言既爬不上去，當然也就無法跨越。

結婚，組織一個家庭，不管生出什麼樣的孩子一律接受，並在這充滿不確定的世界裡撫養他們，甚至給他們一些指引，這一切就我看來，是一個人的至高成就。很多人似乎都輕易地做到了，但這並不能成為反駁我的證據，因為，其一，事實上並沒有很多人做到，其二，這些為數不多的人當中，大部分人其實沒去「做」，只是讓這件事就這麼「發生」在他們身上；雖然這算不上有多麼崇高，卻也已經很偉大而光榮了（尤其是當「做」和「發生」根本無法徹底區分時）。加上，這件事其實也不是成就什麼至高無上的事，而是追求一種遙遠卻持續接近的過程；直接飛進太陽，沒有這必要，但在地球上找一隅清淨的地方，偶而有陽光照射，可以讓人獲得些微溫暖，卻是可行的。

一九一九年十一月，〈給父親的信〉，摘自《鄉村婚禮籌備及其他遺稿中的散文》209頁起

110

兩次嘗試結婚，基本想法完全是正確的：成家，並從此獨立。一個你會喜歡的想法。只是，現實生活中這件事卻像孩子在玩遊戲：一個人握住另一個人的手，甚至用力握緊，然後大喊，「你走啊，快走啊，你為什麼不走？」只是我們的情況更為複雜，因為一直以來你所說的那句「走啊！」其實是真心的；一直以來，你不自知的，僅憑你的存在，就牽絆住了我，或者更正確的說法，就壓制住了我。

一九一九年十一月，〈給父親的信〉，摘自《鄉村婚禮籌備及其他遺稿中的散文》215頁

我在精神上根本沒有能力結婚。

為什麼我沒有結婚？因為各種阻礙，就像到處都會發生的情況，但人生正是在於接受這些阻礙。不過，最根本的，與個別情況無關的阻礙是：我在精神上根本沒有能力結婚。這一點表現在，從我決定結婚的那一刻起，我就再也無法安眠，日夜頭腦發燙，簡直不是人過的，我在絕望中不停來回搖擺。但那些煩惱並非導致我未婚的真正原因，雖然我的憂鬱和拘泥的確也給了我無數煩惱，但它們並非關鍵因素，即便它們的確發揮了如蛆腐蝕屍體般的作用，但深具影響力的關鍵因素另有其事。亦即由恐懼、軟弱，和自卑所形成的整體壓力。

讓我把它解釋得更清楚些：在嘗試結婚這件事上，我跟你之間似乎產生了兩種對立關係，此對立關係之強烈是前所未見的。結婚確實能使得公民自我解放和獨立。假如我有一個家庭，就我看來此乃一個人的最高成就，而這同時也是你的最高成就，所以一旦我有了自己的家庭，我就能與你平起平坐，所有那些已經過去且一再發生的羞辱與專制，也將全部走入歷史。但這只能是童話，當中其實還存在著問題。問題真的很大，大到簡直無法解決。這就好比有人被抓，這個人不只想逃，假設他能逃得掉，他同時還想把監獄改建成自己的行宮。但是，假如他逃了，他就不能改建監獄，假如他要改建監獄就不能逃。在我和你的關係特別不好時，我想要獨立，但想要獨立就得做一件可能與你就此切斷關係的事——結婚，結婚是最好的辦法，並且能讓人很驕傲地獨立自主，但結婚卻也同時與你建立最緊密的關係。想要跳脫這樣的困境，難得簡直叫人抓狂，任何嘗試都會自食惡果。

誘使我想結婚的部分原因正是那份緊密關係。我想像著那份將出現在你我之間的平等，那種平等你比誰都懂，所以一定很棒，因為我將成為一個自由、懂得感激、沒有過錯、堂堂正正的兒子，你將成為一個不再施壓、不專制、懂得體諒又心滿意足的父親。但要達到這樣的目標，必須是所有發生過的事全都沒發生過，換言之，我們得先把自己抹去。

但我們已經是這樣，這令我覺得結婚無望，因為婚姻是你的領域。有時我會想像自己把地圖攤開，你的身影橫亙其上。然後我會覺得，我的人生只能存在於那些沒有被你佔領或不在你勢力範圍之內的地方。相對於我對你的重要意義的想像，那些地方沒有很多，也不是很能撫慰人心，而婚姻就更不在其中了。

我們得先把自己抹去。

一九一九年十一月，〈給父親的信〉，摘自《鄉村婚禮籌備及其他遺稿中的散文》216-218頁

112

我不羨慕個別的一對夫妻，我只羨慕所有的夫妻。即便我羨慕了某一對夫妻，事實上我羨慕的也是存在於各式各樣的婚姻中的整體婚姻幸福。單一婚姻中的幸福，即便是在最理想的狀況下，我對它還是很絕望的。

一九二一年十月十七日，《日記》544頁

113

獨身和自殺，就認知層面來講，頗有類似之處。但自殺和殉教卻完全不同，婚姻和殉教也許比較像。

一九一七年十一月二十四日，《鄉村婚禮籌備及遺稿中的其他散文》87頁

兒童與教育

Kinder und Erziehung

114

對於一顆蘋果，人們可以有各式各樣的觀點：從小男孩的觀點，他得伸長脖子才能勉強看見桌上的蘋果，從屋主的觀點，他拿起蘋果，直接遞給同桌的人。

一九一七年十月二十二日，《鄉村婚禮籌備及遺稿中的其他散文》40頁

115

掃除惡習，其無可取代的價值在於：讓惡習的力量和規模昭然若揭，即便自身因身陷其中而太過激動，可能只看見了一點點。在小水池裡練習是學不會怎麼當水手的，卻可能會因在小水池裡鍛鍊得太過頭了，而再也沒有能力成為水手。

一九一六年十月八日，《日記》512頁

116

我也能像其他人一樣游泳，只不過我的記憶力比其他人好，無法忘記我曾經不會游泳。因為我忘不了這件事，所以我的游泳能力完全幫不上我的忙，我還是

對於一顆蘋果，人們可以有各式各樣的觀點。

不會游泳。

一九二〇年夏末至冬，《鄉村婚禮籌備及遺稿中的其他散文》332 頁

117

小時候我是個膽小的孩子；縱使這樣我也很倔強，跟現在的孩子一樣；當然母親很寵我，但我不認為我是個特別難教的孩子，我也不認為一句友善的話、靜靜地牽起我的手，或是對我投以和藹的目光，無法讓我順從對方的所有要求。你則基本上是個又善良又心軟的人（我下面要講的話與此並不衝突，我這裡講的只是你給孩子的表面印象），但並不是每個孩子都有毅力和膽量，能一直努力到仁慈出現。你只能照你的本性去對待一個孩子，用你的力氣、吼叫、發怒，但縱使這樣，你的處理方式似乎還是極為恰當，因為你想把我培育成一個又強悍又勇敢的孩子。

一九一九年十一月，〈給父親的信〉，摘自《鄉村婚禮籌備及遺稿中的其他散文》166 頁

118

我直接想到的是小時候的一件事。這件事或許你也記得。有天晚上我一再吵著要喝水，顯然不是為了口渴，而是半出於找碴、半出於想找人說話。經過幾番嚴厲的嚇阻無效之後，你把我拖下床，一把抱起，拎到天井，丟下我獨自一人只穿著襯衣在鎖上的門前佇立良久。我不能說你這麼做不對，那晚或許沒有其他辦法能讓大家得到安寧，但我在此還是要描述一下你的教育方式和它們對我的影響。那晚，後來我確實變得很聽話，但我內心其實是很受傷的。我認為天經地義地鬧著要喝水，和可怕地被抓起來拎出去，這兩件事就我的天性而言，永遠無法把它們合理地連結在一起。即便好多年後，我依舊深受這樣的想像所苦：有個巨大的男人，亦即我的父親，最高權力者，毫無理由地來到我面前，三更半夜把我拖下床，拎到天井，對他而言我根本什麼東西都不是。

一九一九年十一月，〈給父親的信〉，摘自《鄉村婚禮籌備及遺稿中的其他散文》167頁

對他而言我根本什麼東西都不是。

119

曾經，我曾經隨時隨地都需要鼓勵。當時，光是你的體格就讓我很沮喪。我記得，比方說，我們經常一起在更衣室裡換衣服。我又瘦又弱又小，你又壯又高又大。光是在更衣室裡我的感覺就已經夠痛苦了，但我要面對的不只是你，還有全世界，因為你對我而言是一切事物的標準。接著我們走出更衣室，走到大家面前，你牽著我的手，一個瘦小的身軀，怯生生赤腳踩在地板上，怕水怕得要死，完全跟不上你的游泳動作，雖然你出於好意一再示範給我看，結果卻只讓我覺得無地自容，於是我感到絕望，就在此時，我在各方面的可怕經驗全部湧上心頭。唯一讓我覺得比較好過的是，偶而你會先換好衣服，獨自留我在更衣室裡，那時我會盡可能拖延時間，不那麼快出去面對大家，面對恥辱，我總要拖到你又進來找我，把我拖出更衣室為止。我很感激你似乎沒有發現我的困窘，另外我也真的以我父親的體魄為榮。現在我們之間的差異依舊是那樣。

一九一九年十一月，〈給父親的信〉，摘自《鄉村婚禮籌備及遺稿中的其他散文》168 頁起

120 現在你對我的態度時常公平得嚇人，聊天時當然是這樣，不過我們幾乎不聊天，連實際生活上也是這樣。但其實這也不是什麼特別無法理解的事：不管我有什麼想法，我都承受著來自於你的巨大壓力，即便是那些跟你不一樣的想法，其實這種想法的壓力尤其嚴重。所有表面上看起來與你無關的想法，其實從一開始就深受你充滿貶意的評語所累，要一直背負著你的評語直到想法徹底落實或持續落實，簡直是不可能的事。我指的不是什麼高深的想法，而是兒時的那些小事。好比我因達成某件事而歡天喜地，一回到家便迫不及待地說出來，得到的回答卻是充滿嘲諷的嘆息，或不屑的搖頭，或用手指敲著桌子說：「沒什麼更棒的事情了嗎？」或「看來真得為你擔心了」或「幸好我腦袋沒你那麼笨」或「隨便給自己買點東西吧」或「好吧，也算是做了件事！」當然，我們無權要求像你這樣生活在痛苦和煩惱中的人對我們小孩的這點小事也能感到鼓舞。但重點原也不在這裡。重點在於：拜你那敵對態度之賜，你總是有辦法讓孩子徹底失望。尤有甚者，事件累積多了，這種反對會愈來愈尖銳，以至

不管我做什麼，我都可以假設你會反對。

於最後變成了一種慣性，即便你有一次意見終於和我相同；以至於最後那些孩子的失望竟不再只是對日常生活的失望，由於你是規定所有標準的人，那些失望因而變成一次次正中要害的失望。只要你反對、或只是假設你會反對，孩子的勇氣、決心、信心、樂於嘗試一切的心，就會無法堅持到底；不管我做什麼，我都可以假設你會反對。

一九一九年十一月，〈給父親的信〉，摘自《鄉村婚禮籌備及遺稿中的其他散文》170頁

121

我相信你很有教育天分；如果用在跟你同一類型的人身上，那麼你的教育一定很管用；他一定能立刻明白你要告訴他的道理，不會多想什麼，就照你說的去做。兒時，你對我說的每一句話，對我而言都是上天的誡命，我從不敢或忘，它們是我對這世界的判斷，尤其是對你的判斷，最重要的工具，你卻徹底違反了自己說過的話。兒時我幾乎都跟你一起用餐，你對我們的教導絕大部分也是針對正確的餐桌禮儀。端上桌的東西就要吃掉，不可以對食物的好壞挑三揀四——但你自己卻常批評東西不好吃，甚至說那是「飼料」，全叫那個「畜生」（女廚子）給糟蹋了。由於你飢腸轆轆，由於你鍾愛什麼東西都要趕緊熱騰騰地大啖其口，所以孩子都得加快速度拚命吃，餐桌上總是一片死寂，除了間或穿插你的耳提面命：「先吃完再說話」，或「快吃，快吃，快吃」，或「你看看，我早就吃完了」。用餐時不可以把骨頭咬碎，但你可以。吃到酸的東西不可以大聲吞嚥，但你可以。尤其重要的是，麵包要切得方方正正；但你由於刀上沾滿了醬汁，所以可以無所謂。要注意食物碎屑不可以掉到地上，但最後總是你的下面掉得最多。餐桌上唯一可以做的事就是吃東西，你卻可以清潔和修剪你的指甲，可以削鉛筆，可以拿起牙籤挖耳朵。父親大人，請不要誤會我的意思，這些當然是微不足道的小事，但它們之所以讓我覺得沮喪是因為：你這個對我而言如此偉大的一切準則的規定者，竟然自己都不遵守你為我立下的誡命。世界對我而言，於是一分為三，我生活在第一個世界，是個奴隸，必須遵守只為我而立的法律，但我卻永遠也無法完全符合那些法律的要求，為什麼會這樣我也不知道。接著是第二個世界，那是一個對我而言遙不可及的世界，你生活在裡面，負責統治，負責下達命令，負責生氣，生氣命令無法被遵守，最後是第三個世界，其他人快樂地生活於其中，沒有命令也無須聽

我不會說話了。

從。所以我永遠只能活在可恥中；要嘛我得服從你的命令，但這是可恥的，因為這些命令只針對我；不然我就得反抗，但這也是可恥的，因為我怎麼可以反抗你；再不然就是我根本沒有能力照你的命令去做，因為，舉例來講，我既沒有你的力氣，也沒有你的胃口，更不具備你的訓練有素，你卻視這些要求為理所當然；沒有能力是我最大的可恥。不過，兒時的我當然不會用這種方式來思考，當時我有的只是一個孩子的感受。

一九一九年十一月，《給父親的信》，摘自《鄉村婚禮籌備及遺稿中的其他散文》172 頁起

122

我們之間的無法好好交談還導致了另一個自然而然的結果：我不會說話了。我本來就不是一個很會說話的人，但像一般人一樣流利地說話，這能力我還是有的。但從以前開始，你就常制止我說話。你的喝斥「不准說不！」和高高舉起的手，從有記憶以來就一直陪伴著我。遺傳自你，我說起話來也吞吞吐吐、結結巴巴——但你一說到你切身的事，卻又能辯才無礙——但我這種說話方式卻令你覺得忍無可忍，最後我只好選擇沉默，一開始或許是出於倔強，但後來則是因為在你面前真的既無法思考也說不出話來了。由於你實質上是我的教育者，所以這件事影響了我一輩子。你總認為我不服從你，但這絕對是個不可思議的錯誤。「什麼事都要唱反調，」你總這麼認為並指責我，但這真的不是我跟你相處時的行為準則。相反的：如果我不要那麼聽你的話，也許你就會對我滿意許多。其實一切都是遵循你的教育方針；我從不躲避，總是正面迎向攻擊。我之所以會這樣，乃因為我是你教育下的產物，是我的服從性格下的產物（不過這當然是姑且不論其他生活條件和生活因素的影響）。你只覺得這樣的結果令你難堪，是啊，你不自覺地想拒絕承認這是你的教育結果，但這一切的原因其實在於：你的手和我的材料，彼此是如此陌生。你一開口就是：「不准說不！」「你喜歡用這句話來壓下我讓你覺得不舒服的反抗，但這句話對我的作用卻太強，加上我又太聽話，結果就是徹底閉嘴，並從你面前逃走，一直逃到離你夠遠，逃到你的力量無法企及之處，至少無法直接企及，才敢露出我的情緒。但你站在那裡，卻只視這一切為「唱反調」，事實上這不過是「你的強悍和我的軟弱」理所當然的結果。

一九一九年十一月，〈給父親的信〉，摘自《鄉村婚禮籌備及遺稿中的其他散文》175頁起

這不過是「你的強悍和我的軟弱」理所當然的結果。

你罵人喜歡用威脅加強作用，但我卻會當真。讓我嚇得要死的，比方說「看我把你像魚一樣大卸八塊」，雖然我知道接下來其實不會有事（但我還很小的時候，其實我不知道），不過這很符合我對你的力量的想像：你絕對有能力這麼做。同樣可怕的還有，你繞著桌子邊跑邊吼，作勢要逮人，其實你根本沒有要抓我，只是作作樣子，最後再讓母親假裝把我們救下。但是作為一個孩子卻會以為我又一次因你的大發慈悲而得以留下性命，並從此視之為你施捨的難以回報的恩典。你那些因我們的不聽話脫口而出的威脅也有同樣的效果，比方說，當我打算要做某件你不喜歡我做的事，你就會語帶威脅地說我一定會失敗，由於對你的意見充滿敬畏，於是失敗也成了無可避免的後果，即使是後來才發生的事。我對自己的能力失去了信心。我猶豫不決，困惑懷疑。我愈長大，你能用來向我證明我沒價值的題材就愈多；漸漸的，你所說的話就某些觀點而言，確實愈來愈有道理了。我實在不想又說我之所以會變成這樣還不都是因為你；你強化的雖然只是既成事實，但由於你之於我是如此的權威，由於你總是用盡全部力氣來強化那些事，所以你總是能把它們強化得極為嚴重。你特別愛用嘲諷來教育我們，但這方式也確實最能彰顯你對我的傲慢。你想做提醒時通常會這麼措辭：「你就不能這樣做嗎？這對你來說太難了，是吧？你肯定沒時間做，對吧？」諸如此類的。而且問這些問題時，你會露出不屑的笑容，擺出不屑的表情。所以在我們還不知道自己是否真會做錯事之前，已經一定程度地受到懲罰了。同樣刺耳的還有那些以第三人稱說出的指責，換言之被罵的人連直接被罵的資格都沒有。那種時候你總會正經八百地對著母親說，但實際上卻是說給坐在旁邊的我聽，例如你會說：「這種事別想兒子大爺會去做。」或類似的話。（但這只會帶來反效果，例如，只要母親在場，我就不敢，或後來甚至變成一種習慣，連想都不敢想要直接問你。對一個孩子而言，跟坐在你旁邊的母親問你的情況，反而比較不危險，所以我們會偷問母親：「爸爸今天怎麼樣？」以避免遇上突如其來的驚駭。）不過，當然也會出現對你那些可怕嘲諷無比認同的時候，亦即當那些話是用來對付別人時，比方說對付大妹愛莉（Elli），我跟她長年不和。每次用餐時你都會說：「叫她坐離桌子十公尺遠，那個大胖妹。」這句話對我而言無異於陰險惡毒和幸災樂禍的狂

當然大多只是一種內在的逃亡。

歡會。接著你會一臉悻悻然坐到你的沙發上，臉上見不到一絲和善或愉快，就像一個怒火中燒的強敵一定要逼她就範，完全可以看出來，就你的品味而言，你有多討厭看見她坐在那裡。不管這樣的戲碼或類似戲碼多常上演，那其實收效不彰。我認為問題出在：再多的生氣和惡毒其實都跟事情本身沒有真正的關係，我們並不會覺得你真的是為了她必須坐離桌子遠一點這種小事而生氣，我們只會覺得這麼嚴重的憤怒是本來就存在的，只是被這件小事給意外引爆了。由於我們每個人都堅信，自己隨時可能是下一個引爆怒氣的誘因，所以反而不會特別小心翼翼，而是對你的威嚇愈來愈麻木；加上我們幾乎都認定自己不會真的挨揍。可是我們卻也成了愁眉苦臉、不專心、不聽話的孩子，並且老是想著要逃，當然大多只是一種內在的逃亡。你因此而痛苦，我們也因此而痛苦。

一九一九年十一月，〈給父親的信〉，摘自《鄉村婚禮籌備及遺稿中的其他散文》177-179頁

124

沒錯，母親確實是毫無節制地對我好，但這一切影響到的其實是我跟你的關係，而且是不良的關係。母親不自知地成了狩獵中的驅趕者。當你的教育莫名其妙地導致我因為叛逆、反感或甚至怨恨而想要獨立時，母親就會對我好，跟我講道理（那些道理對我懵懂的童年而言其實是理智的最初典範），或苦苦哀求，讓情況得以緩和，於是我又會被趕回你的狩獵範圍，若非母親如此，也許我早就逃離了那個狩獵區，那對我和對你而言其實都是好事。但有時候情況是：問題其實沒有真正解決，只是母親在暗地裡保護我，或偷偷把東西給我，或偷偷允許我，結果就是讓我在你面前感到心虛，自覺是個騙子，而且充滿了罪惡感，並因自己的卑微，使得即使自覺有權利做的事也只敢偷偷摸摸地做。後來更自然而然地偷偷摸摸地做連我自己也覺得不該做的事，於是更加深了我的罪惡感。

一九一九年十一月，〈給父親的信〉，摘自《鄉村婚禮籌備及遺稿中的其他散文》182 頁

125

孩子是為了拯救父母而存在，所以理論上我實在不懂：世上怎麼會有沒有孩子的人？

身為人類，每個人都該有屬於他的位置。

一九二一年秋，寫給妹妹愛莉・赫爾曼（Elli Hermann）的信，摘自《書信集：一九〇二至一九二四年》，340頁

126

真正的教育跟家庭教育之間的根本差別在於：前者關係到的是人，後者關係到的則是家庭。身為人類，每個人都該有屬於他的位置，或至少能以他自己的方式來生活，但在由父母圈起來的家庭中，只有特定的人能有自己的位置，亦即那些能完全符合特定要求和遵守父母規定的期限的人。做不到的人並不會被趕出去——如果能被趕出去的話就太好了，可惜不可能，因為這裡的關係到的可是有生命的個體——但是會被怒斥，或被吞噬，或兩者都發生。所謂的吞噬當然不是像希臘神話裡遠古的父母典範那樣（克洛諾斯〔Kronos〕，那個把兒子全部吞下肚的父親，那個最誠實的父親）真的把孩子吃掉，但克洛諾斯寧願選擇這樣的方法，而不是其他常見的方法，或許正是因為他可憐自己的孩子。

一九二一年秋，寫給妹妹愛莉・赫爾曼的信，摘自《書信集：一九〇二至一九二四年》，344頁起

127

面對孩子的母親，坐在孩子的搖籃旁，那份幸福是無盡的、深刻的、溫暖的，永不消失的。

但其中竟存在著一絲這樣的感覺：這一切根本與你無關，除非你願意讓它與你有關。相反的，沒有孩子的人，他的感覺則是：不管你願不願意，這一切都會一直與你有關，從每個當下直到最後，每個叫人抓狂的當下，都將與你有關，結果卻是徒勞無功。因為薛西弗斯（Sisyphus）未婚。

一九二二年一月十九日，《日記》555頁

因為薛西弗斯未婚。

魔鬼與天堂

Teufel und Paradies

128

等我們再也不需要祂了，救世主才會來，祂會在祂該來的時間過後才來，祂不會在最後一天來，祂會在再也沒有以後的那個時候來。

一九一七年十二月四日，《鄉村婚禮籌備及遺稿中的其他散文》90頁

129

無論是在家庭生活上、朋友關係上，婚姻、工作，或文學上，害我做什麼都失敗，或連失敗的機會都沒有的，既不是惰性，不是厭惡，也不是沒有能力，雖然這些或多或少有影響，「害蟲畢竟總是憑空冒出」，但真正的原因其實是缺乏地基，缺乏空氣，缺乏一切所需。我的任務就是把它們創造出來，但這並不代表我想彌補我所錯失的東西，而是代表我還沒有錯失任何東西，因為這項任務無異於其他任務。它甚至是最初的任務，或至少也是最初任務的餘暉，就像登上空氣稀薄的高山乍見遠方太陽的光芒。而且這項任務也不是什麼例外的任務，而是相當常見的任務，只是我不知道以往的任務規模有沒有這麼大。活著所需要的一切我都沒帶在身上，就我所知是這樣，我身上只有人類普遍的缺

你該成為自己行為的主人。

點，這些缺點讓我得以強烈感受到這時代的負面狀態——就此觀點，其作用力還真大——我的時代與我如此貼近，但我無權與我的時代對抗，我只一定程度地擁有成為其中一員的權利；我沒有繼承到這個時代極少的正面狀態，也沒繼承到能由負轉正的那種負面狀態。我既不像齊克果那樣，能讓自己由基督教沉重垂下的手引領人生，也不像猶太復國運動者[12]那樣，在猶太教禱告用的披巾飛走前一把抓住它最後的一隅衣角。我不只是結束就是開始。

一九一八年二月二十五日，《鄉村婚禮籌備及遺稿中的其他散文》120 頁起

130

認識你自己的意思並不是：盯著自己看。盯著你看，這是蛇說的話。認識你自己的意思是：你該成為自己行為的主人。可一旦你做到了，一旦你成了自己行為的主人，這句話的意思又會變成：你錯認了你自己！你是在把自己毀掉！沒錯，這話確實有點難聽，但如果你深深俯身仔細聆聽，卻能聽到它好的一面：「唯有這樣你才能做你自己。」

一九一七年十月二十三日，《鄉村婚禮籌備及遺稿中的其他散文》80 頁

譯注 12：猶太復國運動也稱錫安派（Zionism）。

131

人類所有的錯誤就在於沒有耐性，原本有條不紊的計畫卻要提前中斷，對虛假的事進行虛假的設限。

一九一七年十月十九日，《鄉村婚禮籌備及遺稿中的其他散文》39頁

132

心理學是沒耐性的。

一九一七年十月十九日，《鄉村婚禮籌備及遺稿中的其他散文》72頁

133

心理學就像在讀鏡像文字一樣很費力，至於它那些永遠正確的結果看似成果豐碩，事實上卻是什麼也沒發生。

一九一八年二月二十五日，《鄉村婚禮籌備及遺稿中的其他散文》122頁

人類所有的錯誤就在於沒有耐性。

134

與人的互動能誘導出自我觀察。

一九一八年一月二日，《鄉村婚禮籌備及遺稿中的其他散文》48頁

135

永遠年輕是不可能的；即便沒有任何阻撓，光是自我觀察就足以讓這件事不可能。

一九二二年四月七日，《日記》579頁

136

對魔鬼的發想。當我們被魔鬼附身時，附身在我們身上的魔鬼不會只有一個，否則過去我們被魔鬼附身時，至少在人世間，肯定能生活得很平靜，猶如與上帝同在，生活得很和諧，沒有反抗，沒有衝突，無須多想，且永遠很確定自己背後有人在支持。魔鬼的容顏也不會嚇到我們，因為我們也鬼得很，稍有感覺要看見他了，就會聰明得寧願犧牲一隻手，也要用手去遮住他的臉。如果附身在我們身上的魔鬼只有一個，一個能冷靜而不受干擾地俯瞰我們的整體狀態、而且隨時都能夠掌控我們的魔鬼，肯定能有足夠的力量，讓我們一輩子都被高高地捧著，更勝我們心中的上帝之精神，而且這魔鬼還會為了不讓我們察覺到他的丁點光芒而振翅，所以我們也就不會因為他的存在而不安。只有一群魔鬼才會為我們帶來世俗的不幸。那麼，為什麼魔鬼不互相剷除到只剩一個，或互相結合成唯一一個巨大的魔鬼？因為此二者就魔鬼的守則而言，乃對我們的全然欺騙。可是只要魔鬼無法統整成一，群魔對我們的尷尬照料又能為我們帶來什麼好處？有人掉了根頭髮，不言自喻，魔鬼當然比上帝更在乎，因為對魔鬼而言那根頭髮是真的掉了，但對上帝而言卻不是。只可惜，只要附身在我們身上的是許多魔鬼，我們不得安寧。

一九一二年七月九日，《日記》280頁起

137

人類最根本的弱點不在於無法取得勝利，而在於他不能善用他的勝利。年輕能

人類最根本的弱點不在於無法取得勝利，而在於他不能善用他的勝利。

贏得一切，這是古老的騙局，魔鬼最陰險的把戲，其實根本沒有人能接住勝利，沒有人能將它靈活運用，因為正想做，年輕已經過去了。老了就不敢觸碰勝利，而新一代的年輕人，因為同樣被指定的新攻擊而痛苦不堪的年輕人，他們要自己的勝利。魔鬼就是這樣，雖不斷被打敗，卻永遠不會被消滅。

一九二〇年夏末至冬，《鄉村婚禮籌備及遺稿中的其他散文》318 頁

138

人生就是不停的轉向，根本沒有機會不容思考他要脫離的是什麼東西。

一九二〇年夏末至冬，《鄉村婚禮籌備及遺稿中的其他散文》334 頁

139

能讓人轉向的東西是惡的。

一九一七年十一月二十一日，《鄉村婚禮籌備及遺稿中的其他散文》84 頁

140

罪惡愈來愈明顯，光靠感官就能掌握到。罪惡已深入其根源，而不應該拔除。

一九一八年二月十九日，《鄉村婚禮籌備及遺稿中的其他散文》52頁

141

惡知道有善，但善不知道有惡。

一九一七年十一月二十一日，《鄉村婚禮籌備及遺稿中的其他散文》84頁

142

你可能知道有惡魔般的東西，卻不會信仰它，因為沒有比這個信仰的存在更邪惡的了。

一九一八年二月十九日，《鄉村婚禮籌備及遺稿中的其他散文》52頁

惡是善的星空。

143

惡是善的星空。

一九一七年十二月六日，《鄉村婚禮籌備及遺稿中的其他散文》90頁

144

人生之迷信、原則，和實現：藉惡習之天堂才能進入美德之地獄。迷信是簡單的。

一九二〇年一月九日，《日記》541頁

145

自我認知看到的只有惡。

一九一七年十一月二十一日，《鄉村婚禮籌備及遺稿中的其他散文》84頁

惡的手段之一就是對話。

146

一九一七年十一月二十一日，《鄉村婚禮籌備及遺稿中的其他散文》84頁

烏鴉宣稱：一隻烏鴉就足以把天空毀滅。這不容置疑，卻絲毫無損於天空，因為天空代表的正是：烏鴉的無能為力。

147

一九一七年十一月二十三日，《鄉村婚禮籌備及遺稿中的其他散文》42頁

天堂裡一直就是這樣：引發罪惡的和判定罪惡的乃同一。充當正直良心的就是惡，惡因此得以常勝，常勝到連偶而從左邊跳到右邊一下它都覺得沒必要。

148

一九一七年十二月二十三日，《鄉村婚禮籌備及遺稿中的其他散文》97頁

宗教跟人一樣都會迷失自己。

149

邪惡手中最有效的誘惑工具之一就是鼓勵對方加入戰鬥。

一九一七年十月二十日，《鄉村婚禮籌備及遺稿中的其他散文》40頁

150

惡是人類意識在特定的過渡點上的外溢。感官世界不是假象，感官世界中的惡才是，惡為我們的眼睛打造了感官世界。

一九一八年一月十八日，《鄉村婚禮籌備及遺稿中的其他散文》49頁

151

宗教跟人一樣都會迷失自己。

一九一八年五月，《鄉村婚禮籌備及遺稿中的其他散文》131頁

152

很可以想像：每個人都能擁有生命的美好，且美好永遠處在它最盈滿的狀態下，只不過它被遮蔽了，在深處，看不見，且非常遙遠。但它肯定就在那兒，毫無敵意，沒有不情願，也不是麻木不仁地在那兒。只要用對了字眼，用對了名稱召喚它，它就會來。這就是魔法，不是製造出來的，而是召喚出來的。

一九二一年十月十八日，《日記》544 頁

153

以前我不懂：為什麼我的問題得不到答案。如今我不懂：何以我會相信自己有能力問。其實我根本不相信，我只是就這麼問了。

一九一七年十一月二十四日，《鄉村婚禮籌備及遺稿中的其他散文》43 頁

154

原罪，人類所犯下的古老不義，其實存在於控訴中，存在於人類提出的控訴

人類其實只有一大罪惡，就是沒耐性。

中，存在於人類不肯放手的控訴中，人類控訴：在他身上發生了不義，有人對他犯了原罪。

一九二〇年二月十五日，《一次戰鬥紀實。遺稿中的小說、草稿及箴言》295 頁起

155

人類有兩大罪惡，其他的罪惡都是從它們衍生而來，此二者：沒有耐性和怠惰。正因沒有耐性所以才被逐出伊甸園，正因怠惰所以才沒有重返伊甸園。但也許人類其實只有一大罪惡，就是沒耐性。因為沒耐性所以被驅逐，因為沒耐性所以沒有重返。

一九一七年十月二十日，《鄉村婚禮籌備及遺稿中的其他散文》39 頁

156

那該在伊甸園裡被毀掉的東西，就是可毀之物，可毀之物不具決定性；但如果它其實是不可毀的，那麼我們就是活在錯誤的信仰中。

一九一七年十二月三十日，《鄉村婚禮籌備及遺稿中的其他散文》47 頁

157

相信會有進步，不代表相信進步真的發生過。所以這不能是相信。

一九一七年十二月四日，《鄉村婚禮籌備及遺稿中的其他散文》44頁

158

我們為什麼老是要為人類的墮落而怨歎？我們根本不是因為墮落才被逐出伊甸園，而是因為生命之樹，為了不讓我們吃到生命之樹的果實。

一九一八年一月二十日，《鄉村婚禮籌備及遺稿中的其他散文》48頁

159

我們與上帝的分離是雙重的：墮落把我們跟祂分開，生命之樹把祂跟我們分開。

一九一八年一月二十日，《鄉村婚禮籌備及遺稿中的其他散文》101頁

我們為什麼老是要為人類的墮落而怨歎？

160

我們之所以有罪，不只是因為吃了知識之樹的果子，而是因為我們還沒有吃到生命之樹的果子。有罪是一種狀態，一種我們身在其中的狀態，跟我們有沒有做錯並沒有關係。

一九一八年一月二十日，《鄉村婚禮籌備及遺稿中的其他散文》48頁

161

我們被逐出了伊甸園，但伊甸園並沒有被毀。被逐出伊甸園在某種意義下是幸運的，因為倘若我們沒有被逐，伊甸園可能就得被毀滅。

一九一八年一月二十日，《鄉村婚禮籌備及遺稿中的其他散文》101頁

162

我們被造來活在伊甸園裡，伊甸園的天命是要為我們服務。但我們的天命改變了；那麼伊甸園的天命是否也跟著改變了，對此沒有人提及。

一九一八年一月二十日，《鄉村婚禮籌備及遺稿中的其他散文》49頁

163

根據上帝的話，吃掉知識的果實的立即結果就是死亡；根據蛇的說法（至少可以這麼去理解），其結果則是會變得跟上帝一樣。其實兩者都說錯了，而且說法很類似。人並沒有死，而是會死，人並沒有變得跟上帝一樣，而是獲得了要成為上帝就不可或缺的能力。但兩者也都說對了，而且說法很類似。人類不會死，是伊甸園裡的人才會死，人雖沒有變成上帝，卻擁有了上帝的認知能力。

一九一八年一月二十日，《鄉村婚禮籌備及遺稿中的其他散文》101頁起

164

「如果……，你就必死無疑，」這句話代表了兩種同時出現的認知：通往永生的階梯，和橫隔在永生之前的阻礙。倘若你根據這樣的認知想追求永生——其實你根本無法不這麼想，因為你所認知到的其實就是這個意欲——那麼你就得摧毀你自己這個阻礙，才能打造通往永生的階梯，但這其實是毀滅。就此看來，被逐出伊甸園根本不是因為做了什麼，而是事情就是會這麼發生。

一九一八年一月二十八日，《鄉村婚禮籌備及遺稿中的其他散文》105頁起

人雖沒有變成上帝，卻擁有了上帝的認知能力。

165

針對人類的墮落有三種懲罰方式：最輕的懲罰方式，亦即真正執行的那種，就是逐出伊甸園，第二種則是把伊甸園毀了，第三種——應該也是最可怕的懲罰——就是砍斷生命樹，讓其他所有的一切就此保持原狀。

一九一八年一月二十五日，《鄉村婚禮籌備及遺稿中的其他散文》105頁

166

如斷頭台般沉重的信念是如此之輕。

一九一八年一月二十二日，《鄉村婚禮籌備及遺稿中的其他散文》50頁

167

我們稱呼這個時代是末日審判，那是因為我們的時代觀念，但它其實是一條緊急狀態法。

一九一七年十一月二十五日，《鄉村婚禮籌備及遺稿中的其他散文》43頁

168

若不持續相信自己體內存在著某種堅不可摧的東西，人就無法活著，不管是堅不可摧或這個信仰，都將持續埋藏在人類心中。信仰人格化的神就是這份埋藏的外顯方式之一。

一九一七年十二月七日，《鄉村婚禮籌備及遺稿中的其他散文》44頁

169

有些問題我們始終擺脫不了，如果我們無法從本性上從那些問題解放出來的話。

一九一七年十二月八日，《鄉村婚禮籌備及遺稿中的其他散文》45頁

170

就故事的主要部分而言，被逐出伊甸園就永遠是這樣了：雖然是徹底被逐出伊甸園，而且必須到人間生活，但過程的永恆性（或用時間的觀點來表達：生命過程永不停歇地重複）還是會讓留在伊甸園變成可能：我們不只有可能一直留

如斷頭台般沉重的信念是如此之輕。

在伊甸園裡，事實上也已經一直在裡面了，不管我們在這兒知道或不知道。

一九一七年十二月十一日，《鄉村婚禮籌備及遺稿中的其他散文》46頁

171

被逐出伊甸園後，亞當飼養的第一隻寵物是蛇。

一九一七年十二月二十一日，《鄉村婚禮籌備及遺稿中的其他散文》96頁

172

即便是孤獨的絕望者，謙卑也能讓人與他人建立最牢固的關係，而且是隨即建立，但前提是必須徹底且持久地保持謙卑。謙卑之所以能這樣，乃因為謙卑是最真實的禱告，同時是崇拜，也是最牢靠的聯結。跟他人的關係其實是一種祈禱的關係，跟自己的關係則是一種努力的關係；從祈禱中才能獲得努力的力量。

一九一八年二月二十四日，《鄉村婚禮籌備及遺稿中的其他散文》53頁

173

「我們不能說我們缺乏信仰。光是我們活著的這個事實就具有無窮的信仰價值。」

「這也能算是一種信仰價值？人又不能不活著。」

「正是這句『又不能』，信仰強大的力量就存在於這句話裡；在這樣的否定中，信仰的力量才得以呈現。」

一九一八年二月二十六日，《鄉村婚禮籌備及遺稿中的其他散文》54頁

174

相信的意思是：釋放出自己心中堅不可摧的東西，或更正確地說：釋放自己，或更正確地說：堅不可摧的存在，或更正確地說法：存在。

一九一七年十一月三十日，《鄉村婚禮籌備及遺稿中的其他散文》89頁

被逐出伊甸園後，亞當飼養的第一隻寵物是蛇。

175

誰相信了，誰就體驗不到神蹟。一如白天看不到星星。

一九一七年十一月二十一日，《鄉村婚禮籌備及遺稿中的其他散文》85頁

176

坦承和說謊是一樣的。為了要坦承，所以要說謊。人是怎麼樣，那樣反而是人表達不出來的，因為這是人；人只能表現他自己以外的東西，換言之只能說謊。唯有在七嘴八舌中或許才能聽到一點真相。

一九二〇年夏末至冬，《鄉村婚禮籌備及其他遺稿中的散文》343頁

177

真理是不可分割的，它自己都認不得自己；想要認識真理的人，必定要說謊。

《鄉村婚禮籌備及遺稿中的其他散文》48頁

178

在「謊言的世界」裡無法藉謊言的對立面將謊言從世上除去，唯有藉「真理的世界」才能除去謊言。

一九一八年二月四日，《鄉村婚禮籌備及遺稿中的其他散文》108 頁

179

對我們而言，真理具有雙重意義，因為它是由知識之樹和生命之樹共同打造的。亦即動態的真理和靜態的真理。前者由善與惡共享，後者乃全然的善本身，它既不知有善，也不知有惡。我們能真實掌握到的是第一種真理，第二種真理我們只能隱約感知。這是它令人傷感的一面。但令人高興的是：第一種真理屬於當下，第二種真理屬於永恆，所以第一種真理也會熄滅在第二種真理的光芒中。

一九一八年二月五日，《鄉村婚禮籌備及遺稿中的其他散文》109 頁

想要認識真理的人，必定要說謊。

180

你們不該給自己畫面——。

一九二〇年歲末，《鄉村婚禮籌備及遺稿中的其他散文》352 頁

心情

Stimmungen

181

猶如秋天的街道：都還沒完全掃乾淨，又被枯葉覆蓋了。

一九一七年十一月六日，《鄉村婚禮籌備及遺稿中的其他散文》41頁

182

一盞明亮的燈高掛在牆邊，將樹幹的影子打在路面和白雪上，同時間槎枒的樹枝則在斜坡上投射出彎彎曲曲、猶如折斷的陰影。

一九〇七至八年〈一次戰鬥紀實〉，摘自《一次戰鬥紀實。遺稿中的小說、草稿及箴言》66頁

183

我從未到過此處：呼吸變得很不一樣，在她身旁的那顆星星竟比太陽還要明亮。

一九一七年十一月七日，《鄉村婚禮籌備及遺稿中的其他散文》41頁

猶如秋天的街道：都還沒完全掃乾淨，又被枯葉覆蓋了。

184

小小的靈魂
妳於漫舞中跳躍
於溫暖的和風中仰望
從閃耀的草叢中抬起腳來
草叢在和風吹送中溫柔的波動

一九〇九年九月，《鄉村婚禮籌備及遺稿中的其他散文》131頁

185

月夜照耀著我們。鳥叫聲在林間傳唱。風在原野中呼嘯。

一九一八年二月十九日，《鄉村婚禮籌備及遺稿中的其他散文》116頁

186

出外散步時，我的狗抓住了一隻正好要過街的鼴鼠。狗一次次衝上前去抓牠，又放開，因為我的狗年紀還小，還很膽小。一開始我覺得這件事很有趣，尤其覺得好玩的是鼴鼠的激烈反應，牠徹底地驚慌失措，拚命在堅硬的路面上找洞。我的狗再次用爪子攻擊牠，牠突然尖叫。吱吱吱地叫。這讓我想到——不，我什麼也沒想到。是我搞錯了吧，因為那天我的頭如此沉重，重到那晚我驚訝地發現自己的下巴竟長在胸口上了。但隔天我的頭又能好端端地抬起。然後隔天有個女孩穿上白色洋裝，並愛上了我，她為此非常不開心，我試圖安慰她，卻沒有成功，這件事本來就很困難。之後又有一天，我稍微睡了一下午覺，睜開眼，在還不確定自己是否活著時，我聽見母親用再自然不過的語調從陽台上往下問：「您在幹嘛呀？」有個女人從花園裡回答：「我在草坪上吃點心。」我好驚訝於這份確定，人們多懂得利用這份確定安度人生啊。

一九〇四年八月二十八日，寫給馬克斯·布羅德的信，摘自《書信集：一九〇二至一九二四年》29 頁

187

傍晚的陽光中
我們駝著背

我好驚訝於這份確定，人們多懂得利用這份確定安度人生啊。

坐在草地的長凳上
我們的手低垂，
我們的眼中閃爍著悲傷。

而衣冠楚楚的人們在散步
搖搖擺擺地走在碎石子路上
在遼闊的天空下，
天傍著山向遠
朝遠山綿延開闊。

一九〇七年八月二十八日，寫給黑德維希・魏勒的信，摘自《書信集：一九〇二至一九二四年》39頁

188

沉浸在夜裡。就像有時為了要沉思那樣低著頭，就像那樣的沉浸在夜裡。周遭的人全睡了。一場小小的表演，一次天真的自我欺騙：大家都在睡，在家裡，在安穩的床上，在堅固的屋頂下，在床墊上伸展或弓著身子，裹著薄巾或蓋著棉被，可事實上，他們正聚在一起，像過去曾發生過或後來發生過的那樣，在荒涼的地方，在曠野上，有個營地，為數不少的人，一大群，一整族，臥倒在他們曾站著的，冰冷天空下的冰冷土地上，額頭貼著手臂趴下，面向地，沉穩地呼吸。但你醒著，你是守衛之一，你藉身邊那堆燃燒的木柴，在晃動的火影中尋找下一個守衛。你為什麼要守夜？總得有人守啊，就是這樣。必須要有一個人守在這兒。

一九二〇年夏末至冬，《一次戰鬥紀實。遺稿中的小說、草稿及箴言》116 頁

189

清新的豐盈。汩汩流水。湧現的、祥和的、高高的、蔓延開來的生長。幸福的世外桃源。喧囂的夜過後，於清晨。與天空為伍，懷抱在懷抱中。平靜，和諧，沉醉其中。

一九二三至二四年，《鄉村婚禮籌備及遺稿中的其他散文》301 頁

必須要有一個人守在這兒。

我打開的門不是上面長廊上我的那扇門。「我搞錯了，」語畢正要往外走，卻看見裡頭的人，一個清瘦而沒有鬍子的男人，他緊抿雙唇坐在小桌子旁，桌上只有一盞煤油燈。

190

一九一七年一至二月，《鄉村婚禮籌備及遺稿中的其他散文》60頁

191

上山郊遊

「我不知道，」我無聲地吶喊：「我真的不知道。如果沒人來，那就是沒有人來啊。我沒對人做過壞事，也沒人對我做過壞事，但也沒人願意幫助我。完全沒人。但也不是這樣。除了沒人幫我之外——其實完全沒人真好。我會很樂意跟那群『完全沒人』一起去郊遊，有何不可？當然是去爬山囉，不然要去哪兒？瞧，那群『完全沒人』正在互相推擠，無數隻大搖大擺或低垂著的手臂，一雙雙邁開小步的腳！想當然耳，大家全穿上了大禮服。我們就這麼信步而行，伸展四肢讓風從身上的縫隙鑽過。上了山，脖子得以全然舒展！我們竟沒有放聲高歌，真是奇蹟。」

一九一〇年三月或更早，《卡夫卡短篇集》34頁

192

俄國魅力無窮。杜斯妥也夫斯基捕捉到的畫面更勝〈三套車〉（die Troika）[13]，令人震懾的浩瀚河川，滾滾黃流，激盪出滿江波濤，但並非很高的波濤。荒蕪在岸邊的原野肆虐，垂頭喪氣的枯草。不，這畫面什麼也沒捕捉到，唯見萬物消逝。

一九一五年二月十四日，《日記》463頁

193

想當個印地安人

如果能當個印第安人，一定要立刻跳上奔馳的馬背，在疾風中俯身，在震動的地面上讓自己的震動頻率愈來愈快，直到放下馬刺，丟開韁繩，因為根本沒有

火車經過時，觀眾全看呆了。

馬刺，沒有轡繩了，都還沒見到犁整過的原野，已渾然不覺有馬頸與馬首。

一九一二年或更早，《卡夫卡短篇集》44頁

194

樹木

因為我們就像雪地上的樹幹。看起來只是立在那兒，只要輕輕一推就能推倒。不，這當然辦不到，因為那些樹跟土地牢牢結合在一起。但你瞧，連這都可能只是看起來如此而已。

一九〇七年或更早，《卡夫卡短篇集》44頁

195

火車經過時，觀眾全看呆了。

一九〇九年五月底，《日記》9頁

譯注13：著名的俄羅斯民謠。Troika除慣用的歌名「三套車」外，或譯「三頭馬車」或「三乘馬車」。

皇帝口諭

據說，垂死的皇帝在病榻上傳了一道口諭給你，就是你，可憐的臣子，天高皇帝遠的卑微人物。皇帝讓信使在他床邊跪下，直接在信使耳邊窸窸窣窣地交代了口諭。皇帝非常重視這則口諭，因而要信使附耳複誦一遍給他聽。皇帝點點頭，確認了內容無誤。接著便在所有隨侍病榻的人面前——所有屏風都撤除了，在寬敞且一路向上延伸的露天階梯上，國家大臣圍成一圈——在這所有人面前，皇帝差信使離開皇宮。信使立刻啟程；一個強壯且不屈不撓的人；他不停揮舞手臂，忽左忽右，為自己在人群中開出一條路；有人想阻擋，他便挺胸威嚇，露出胸上的太陽記號；他輕而易舉地一路往前，換作別人絕做不到。但人群聚集的範圍實在太廣；他們的房舍櫛比鱗次，綿延不絕。若能見到一望無際的原野，他就能拔腿飛奔，不久你就能聽見他的拳頭敲在你家門上的悅耳聲音。但事與願違，他的努力全然白費；他還在寢宮裡穿梭；他絕對走不出這些房間；即便他走出去了，也無濟於事；往下的階梯上他還得奮戰；即便他下得

每當傍晚來臨，你還是會坐在窗邊，夢想著那則口諭。

了樓梯，也無濟於事；他還得穿過一座座的內宮；縱使穿過了內宮還有環繞這座皇宮的第二座皇宮；又是階梯，又是內宮；又是另一座皇宮；千百年一直這麼下去；即便最後他衝出了最外面的大門——但這絕對、絕對不可能發生——還有首都，世界的中心，從地面上聳立雲霄的首都擋在他面前。所以沒有人能從這裡出去，況且還是個身負死人的口諭的信使——但每當傍晚來臨，你還是會坐在窗邊，夢想著那則口諭。

一九一七年二至三月，《卡夫卡短篇集》169 頁起

197

被揭穿的騙子

大約晚上十點，一名只有一面之緣的男子突然出現在我身邊，他纏著我大街小巷地走了兩個鐘頭，終於抵達我受邀參加聚會的主人家門口。

「就這樣囉！」我說完雙手一拍，暗示真的得道別了。先前我試過幾次，但態度不夠堅決。現在我真的累了。

「你要上去了？」他問。我聽見他嘴裡咬牙切齒的聲音。

「是。」

我受邀前來聚會，我一開始就跟他說了。我是受邀上樓，我多希望自己已經在樓上，而不是站在樓下的大門前，還得避開他的耳朵才能往內探看。還得跟他一起無言地杵在這兒，好像我們下定決心要守在這裡直到永遠一樣。周圍的房子也加入了這場沉默，還有從屋頂延伸到星空上的一片漆黑，還有不見人影的行人和他們的腳步聲，沒人有興趣猜他們要去哪兒，還有風，一再颳到對街，還有一台留聲機，它在房間緊閉的窗後播放著音樂，聲音打破寂靜讓人聽見，從以前到現在，到永遠，彷彿這一直就是它們的本性。

我的同伴終於屈服，願意道別，他笑了一下，代表他也同意了我的提議，他沿牆舉起右手，閉上眼，臉往手臂上一靠。

我沒辦法一直看著他微笑，因為一股羞恥感驟然襲來。他的微笑讓我這才看出，他是個騙子，如此而已。我來到這個城市已經數月，自認為愈來愈清楚這幫騙子的伎倆，好比夜裡他們會突然從旁邊的巷子裡冒出來，張開雙臂像酒館老闆一樣迎向我們，或他們會埋伏在我們站的廣告柱旁，像在玩捉迷藏一樣，從圓形的柱體後，至少用一隻眼睛偷瞄我們，或在十字路口，當我們顯得害怕

讓我們到不了我們要去的地方；然後取而代之在他們的懷抱裡為我們提供一個溫暖的居所。

時，他們會突然飄到我們面前，在人行道旁！我非常了解他們，他們是我在小酒館裡最先認識的這城裡的人，感謝他們讓我第一次見識到何謂不屈不撓，現在我滿腦子都是這件事，甚至能開始感覺到它發生在我身上的作用了。這些人即便你早已逃離他們身邊，他們早就沒有東西可獵捕，他們依舊像站在你面前一樣！他們不會就這樣坐下，不會就這樣灰心喪志，而是會繼續盯著你，用一種依舊堅定的目光緊盯著你，即便你已經走遠！他們的伎倆其實總是一樣：就這麼出現在我們面前，盡可能的大搖大擺；努力阻止我們，讓我們到不了我們要去的地方；然後取而代之在他們的懷抱裡為我們提供一個溫暖的居所，終至累積在我們心中的情感整個被激發，他們視此為擁抱，於是立刻迎上來，首先是那張臉。

這些都是老把戲了，但這次我竟然跟對方糾纏了這麼久才發現。為了要漠視自己的可恥，我用力地搓揉指尖。

但我身邊的男子仍倚在牆邊，仍繼續在扮演他的騙子，對於自己今天的際遇感到很得意，因而在看得見的那半邊臉上泛著紅暈。

「被我看穿了！」說完，我輕拍了一下他的肩膀，拾階疾步而上，一到上面，在前廳，我看見僕人們忠心耿耿的臉，竟歡喜莫名得猶如撞見了美好的意外。在他們幫我脫下外套，擦拭靴上的灰塵時，我逐一審視他們每一個人。然後吸一大口氣，邁開大步，走進大廳。

一九一二年八月，摘自《卡夫卡短篇集》29-31頁

198

大致滿意地完成了〈騙子〉。用盡了正常精神狀態下的最後一絲力氣。十二點鐘，我要怎樣才能入睡？

一九一二年八月八日，《日記》281頁

我要怎樣才能入睡？

以寫作作為禱告的形式

Schreiben als Form des Gebetes

199

我不會容許自己疲倦。我將縱身一躍，跳進我的小說中，即便我的臉將因此而被割花。

一九一〇年十一月十五日，《日記》26 頁

200

我的靈感的特殊之處在於，帶著這樣的靈感，我極幸運也極不幸的，現在半夜兩點，要去睡覺了（只要我能忍受這樣的想法，也許它就不會消失，因為這次的靈感比以前那些都要厲害）：它讓我想做什麼都行，而非只侷限在某一特定的工作上。倘若我別無選擇地寫下一個句子，例如「他望向窗外」，那麼這個句子就已經是完美的了。

一九一一年二月十九日，《日記》41 頁起

我將縱身一躍，跳進我的小說中，即便我的臉將因此而被割花。

201

我坐下來開始寫，寫了長長的一段時間後，我彷彿能從空無一物的空氣中直接擷取文字。但捕獲了一個字，也就只有這麼一個字，其他的所有工作還是得從頭來過。

一九一一年十二月十三日，《日記》190頁

202

因龐大且強悍的記憶而得以成長的力量。如一股獨立的尾流轉向我們的船尾而來，在推波助瀾之下，加強了我們對於自身力量的意識以及力量本身。

一九一一年十二月二十九日，《日記》218頁

203

最親愛的馬克斯（因為懶，我在床上口述命人記下，然後於同一個地方把這封在床上完成的信謄寫到紙上。），我只是要跟你說，星期天在鮑姆那兒我並未朗讀。整個故事突然變得很不確定。昨天我簡直是蠻橫地把第六章結束掉，並因此寫得很粗糙，很糟糕：兩個原本該新加入的角色，被我硬生生壓下。整段時間，整個寫作過程，那兩個角色都在我背後跑來跑去，原本他們該在小說中舉起握拳的手，結果他們是對著我這麼做。他們的形象變得愈來愈鮮活，比我寫的還要鮮活。另外要告訴你的是，我今天不寫了，不是因為不想寫，而是因為我又眼窩深陷了。

一九一二年十一月十三日，寫給馬克斯・布羅德的信，摘自《書信集：一九〇二至一九二四年》111 頁

204

在我的腦袋裡有個可怕世界。到底該怎樣才能讓我得到解脫，也讓那個世界得到解脫，並且不會毀了一切。千百次我寧願一切毀了也不願讓那個世界再回到我身上，或再被埋葬在我身上。但我正是為此而存在，這一點我非常清楚。

一九一三年六月二十一日，《日記》306 頁

205

在我的腦袋裡有個可怕世界。

任何東西一旦被我說出口，就會立刻且永遠地失去它的重要性，但如果是寫出來，雖也會失去它的重要性，有時卻又會獲得嶄新的重要性。

一九一三年七月三日，《日記》308頁

206

我想寫作，額頭卻因一再蹙眉而顫動個不停。我坐在我自己的房間裡，坐在整棟屋子最吵的區域內。我能聽見所有的關門聲，門發出的噪音唯一能幫我省掉的是：不必聽見在門之間跑來跑去的腳步聲，連廚房爐灶上那扇小門的關闔聲我都能聽見。父親接連打開我房裡的兩扇門，穿著拖地的睡袍穿過我的房間，有人在耙隔壁壁爐裡的灰，瓦莉（Valli）在前廳問：父親的帽子清理好了嗎？聽起來竟像在巴黎的小巷中不知對著誰喊。一記令我振奮的噓聲制止了那原本要喊出口的大聲回覆。門鈴響起，開門的嘈雜聲像從得了黏膜炎的喉嚨裡發出，門一直敞開著，一記女聲輕唱了兩句，門繼而像被一名男子的背重重闔上，背發出的這記噪音鹵莽至極。父親已回房，兩隻金絲雀的叫聲拉開序幕，一連串輕柔的、嘰嘰喳喳的、叫人絕望的喧譁開始登場。其實我之前就想過，但這兩隻金絲雀再次喚醒了我這個念頭：我是不是該把門推開一條縫，像蛇一樣爬行至隔壁，趴在地上請求我妹妹和她的姊妹淘們安靜。

一九一一年十一月五日，《日記》141 頁

207

卡夫卡致出版商的第一封信

敬愛的羅沃特（Rowohlt）先生！

隨信附上您希望看到的短篇散文；分量已足夠成為一本小書。在我為此整理這些文章時，有時候會在平息我的責任感以及在貴社出版一本屬於我的書的渴望之間舉棋不定。我確實無法每次都做出明確的決定。但無論如何，這些文章如果能獲得您的青睞並決定出版，我當然會非常高興。但畢竟再多的經驗和再優異的理解力，也無法一眼就看出文章的缺點。畢竟作家們最普遍的個人特質就是：每位作家都很能以自己的獨特方式來藏拙。

您忠實的友人，

法蘭茲．卡夫卡博士

每位作家都很能以自己的獨特方式來藏拙。

一九一二年八月十四日，寫給恩斯特・羅沃特（Ernst Rowohlt, 1887-1960）的信，摘自《書信集：一九〇二至一九二四年》103頁

208

每本小說一開始都顯得可笑。這個新生的、尚未完成、全身敏感脆弱的有機體，似乎沒辦法在這個世界的既定結構中自我保存，一如所有既定結構，這個結構追求的也是自我封閉。但大家之所以會這麼想，是因為忘了：一本小說，既然它夠格成為一本小說，其中必定已存在著既定結構，即便它還沒有完全開展出來；就此觀點，對小說的最初的困惑質疑其實是沒道理的；同樣的困惑質疑也發生在父母之於新生兒，尤其當父母不想要這個醜陋且異常可笑的東西來到這世上時。可惜我們永遠不會知道，我們的困惑質疑到底是合理的還是不合理的。不過，這樣的省思至少提供了一個立足點，我就曾因缺乏這方面的經驗而吃過虧。

一九一四年十二月十九日，《日記》450頁

209

我實在很討厭反命題。它們的出現雖不在預期中，卻也不令人驚訝，因為它們本來就一直存在於我們身邊；如果說它們沒被意識到，那是因為它們在最邊緣的地方。這些反命題雖能帶來徹底性、豐富性，能消弭漏洞和缺失，但也只是生命之輪上的一個角色而已；是我們在轉輪裡不停追趕的微不足道的想法。儘管這些反命題的內容非常多樣，它們的共通點是：它們會突然像遇水膨脹的東西一樣，在人的手裡持續變大，一開始看似將擴大成無邊無際，最後終究只能達到總是一樣的中等規模。它們蜷縮起來，沒有伸展開來，也給不出根據，只是木頭上的蛀洞，只是原地打轉的風暴，而且就像我所舉的例子，反命題又會招來推翻它的反命題。所有的反命題都只想把自己推翻掉，且永遠推翻。

一九一一年十一月二十日，《日記》168頁起

210

寫日記的好處之一是能心平氣和地清楚意識到自己的改變，那些不停發生在我

我實在很討厭反命題。

們身上的改變。對於這些改變，基本上大家都相信，也知曉，並願意承認，但在承認的同時，一旦想從中獲得希望或平靜，就會又不自覺地否認它們。可是在日記裡我們卻能找到證據：我們確實曾在那些今天看起來無法忍受的情況下活過、環顧過，並記下觀察，就像今天這隻寫個不停的右手一樣，現在我們雖可藉回顧當時的情況而變得比較聰明，卻也因此更加不得不對自己當時的勇敢，對自己當時的能夠在巨大的不確定當中還堅持努力不懈而深感驕傲。

一九一一年十二月二十三日，《日記》202頁

211

稍微翻閱了一下日記。獲得了一種領略，領略此生之安排。

一九一四年十月十五日，《日記》440頁

212

我一直無法理解，為什麼只要是會寫字的人，幾乎每個人都能在痛苦時將自己的痛苦客觀化，比方說我，在我不開心時，甚至是滿腦子不開心的激動想法時，我也能坐下，寫信告訴別人：我正在不開心。對，而且不只這樣，我還能運用自己的長才加油添醋，但我的長才跟我的不開心基本上應該沒什麼關係，可我卻能正著或反著，或祭出行雲流水的聯想力，開始天馬行空地編織我的不開心。但那些話絕非謊話，卻也無法平息我的痛苦，其實這種行為只是一種當下的、猶如神助的精力過剩，痛苦在那一刻明擺著要用光我身上的所有力氣，甚至要摧毀我的生存基礎。天啊，這到底是怎樣的一種過剩？

一九一七年九月十九日，《日記》530頁

213

坐在火車裡，卻忘了，還以為自己正在家中，突然想起，並清楚感覺到火車的向前力道，頓時成為旅客，從行李箱中取出便帽，隨興、真誠、擁擠地與同車旅客擦肩而過，不求回報地迎向目標，像孩子般地去感受，成為女人們的寵兒，在火車向前疾駛的拉力中站到窗邊，一次次被伸到窗邊的手握住，一次至少一隻。抽離出異常清晰的一幕：忘了自己其實已經忘記了，瞬間化身為坐在閃電火車裡獨自旅行的小孩，並讓飛馳中不斷顫抖的車廂以驚人的方式變得極

只有我能把世界置於純粹、真實與不變中，我才會真正快樂。

小，猶如出自魔術師的手法。

一九一七年七月三十一日，《日記》520頁

214

像《鄉村醫生》這樣的作品還是能帶給我短暫的滿足，但前提是：我還能寫出類似的東西（這實在不太可能），可是只有我能把世界置於純粹、真實與不變中，我才會真正快樂。

一九一七年九月二十五日，《日記》534頁

215

「接著他又回去繼續工作，就像什麼事也沒發生過一樣。」這是我們在不知多少舊的短篇小說裡看到的一句話，儘管如此，現在似乎不出現在小說裡了。

一九一八年二月二十六日，《鄉村婚禮籌備及遺稿中的其他散文》54頁

216

就文學整體而言，文學乃衝破界限的激流。倘若中間不要出現猶太復國運動，文學應該很容易就能發展成一種新的神祕學，一種卡巴拉（Kabbala）[14]。許多開端已現。不過，這裡還需要一位不可思議的天才出現，一個能將自己重新根植於千百年古老傳統，且能讓千百年古老傳統脫胎換骨的天才，並且不是已經為此殫精竭慮，而是現在才要開始為此殫精竭慮。

一九二二年一月十六日，《日記》553 頁

217

有關我的寫作問題，我覺得其實非常簡單：只要我的狀態和我的健康（肺功能和睡眠功能）能夠改善，讓我可以夜裡盡情寫作，白天盡情睡覺，那我也許就能——在命運許可的範圍內——寫出差強人意的好作品。但由於過去五年的情況並非如此，所以我幾乎沒寫出什麼東西，即便是最近這段時間，在我的健康稍有改善的情況下，我嘗試寫出的東西，也因先決條件其實仍不完備，以及其

文學乃衝破界限的激流。

他無法控制的因素，而成了一堆可悲的東西，成了織得亂七八糟的毛襪，成了硬生生拼湊起來的可鄙之物。馬克斯聽過其中幾篇；我們在慕尼黑聊到這個話題時，他多少也同意了我的看法，不過當然只是有所保留的同意，因為不管我唸什麼東西給他聽，都是在為他編織美夢，一個他對我所懷抱的夢想，所以我唸給他聽的東西一下子就會被不切實際的嚴重高估。人本來就能同時具有雙重身分：既是朋友的美夢又是自己可怕的現實。

一九二二年五月，寫給庫特．沃爾夫出版社（Kurt Wolff Verlag）編輯漢斯．瑪德史泰克（Hans Mardersteig）的信，359 頁

218

我雖離家，卻一直寫信回家，即便家中的一切早已流逝於永恆中。我所有的書寫無異於魯賓遜插在荒島最高點上的那面旗。

一九二二年七月十二日，寫給馬克斯．布羅德的信，摘自《書信集：一九〇二至一九二四年》392 頁

譯注 14：與猶太教神祕主義有關的一種訓練課程。

219

節錄自一封信：「在這悲傷的冬季裡，我藉此為自己取暖。」這些隱喻是寫作令我絕望的原因之一。寫作不具獨立性，它依賴幫我們把火爐弄暖的女僕，依賴在火爐邊取暖的貓，甚至依賴正在取暖的可憐老人。但他們都是各自獨立的，是自主的，只有寫作是無助的，無法安居在自己之中，寫作是樂趣也是絕望。

一九二一年十二月六日，《日記》550頁

220

書信似乎總能令我開心，令我感動，令我獲得許多驚喜，但書信之於我，從前似乎太過重要，不像現在只是我生活的一種基本型態。但書信其實沒有欺騙過我，是我自己用書信欺騙了自己，是我在那些年裡迫不及待地想靠在火旁邊取暖，殊不知唯有把一切都丟進火裡燒了，才能製造出真正的溫暖。

一九二二年一月底，寫給羅伯特．克羅普史托克的信，摘自《書信集：一九〇二至一九二四年》369頁

唯有把一切都丟進火裡燒了，才能製造出真正的溫暖。

我人生中所有的不幸——我沒有要抱怨，我只是把它當作一種一般性的教訓來看——可以說是來自於書信或寫信的可能性。幾乎沒有人欺騙過我，但書信總是欺騙我，而且還不是別人的信，是我自己寫的信。我的這種情況可謂特別不幸，這部分我不想多談，但另一方面它同時也是一種普遍的不幸。唾手可得的寫信機會難免會對世間的靈魂造成可怕的傷害。寫信是一種跟鬼影子打交道的行為，而且不只跟收信人的鬼影子，還跟自己的鬼影子，這鬼影子會在你寫信的手底下形成於信中，或甚至形成於一封接著一封的信上，因為一封信會強化另一封信，另一封信可作為前一封信的證據。唉，怎麼會有人想到藉著書信彼此交流！人可以思念遠方的人，可以觸摸身邊的人，但是除此之外，其他作法都超出了人類的能力範圍。寫信其實是：將自己暴露在飢腸轆轆的鬼影前。用文字寫下的親吻無法到達它該去的地方，只會被那些鬼影在中途攔截並吃掉。豐富的食物讓這些鬼影大量增加。人類感覺到了，並且想要反制，想盡可能消滅掉這些存在於人與人之間的鬼影，想讓人類用更自然的方式交流，想讓靈魂得以安寧，於是就發明了火車、汽車和飛機，但這根本沒用，因為這些全是註定要走向毀滅的發明，但反方向的發明則安靜且有力許多，人類繼書信後，又發明了電報、電話、無線電報。那些鬼影子未來依舊餓不著，但我們卻會毀滅。

一九二二年三月底，《給米蓮娜的信》301頁

222

撬開堅果顯然不是一項技藝，所以從沒有人敢大肆招攬觀眾前來觀賞撬開堅果的表演。但如果有人真的這麼做了，也達成目的地招來了觀眾，那麼這場表演就不再只是撬開堅果而已。或者它確實關乎撬開堅果，可是它證明了我們真正重視的不是這項技藝，因為這項技藝我們自己就很厲害了，它也證明了這位不同於以往的撬堅果者展現了這項技藝的真正本質，此時如果他撬開堅果的能力比我們大多數人都差，那麼作用甚至更大。

一九二四年三至四月，〈約瑟芬（Josefine），女歌手或者耗子的民族〉，摘自《卡夫卡短篇集》270頁起

我一從辦公室裡解脫出來，就立刻想去從事我渴望的自傳書寫。

223

藝術的自我遺忘和自我揚棄：乃逃離，卻被佯裝成要去散步，或甚至作勢要攻擊。

一九一七年十二月十七日，《鄉村婚禮籌備及遺稿中的其他散文》95 頁

224

我一從辦公室裡解脫出來，就立刻想去從事我渴望的自傳書寫。我必須把這樣的斷然改變當作寫作時的臨時目標放在面前，以便我能從一整天發生的諸多事務中抽離出來。比這更值得推崇的改變我看不到，而且簡直不可能。於是寫自傳成了一種莫大的快樂，因為它竟能這麼簡單就被付諸實行，猶如把夢境給寫了出來，但獲得的卻是完全不同的、棒透了的、並且能對我產生永久影響的結果，此結果連我身旁的每個人都能了解和感受到。

一九一一年十二月十七日，《日記》194 頁起

225

自傳中很難避免的是：根據事實應該寫「一次」的地方，常會被寫成「經常」。因為你很清楚，要在一片漆黑中攫取記憶，記憶很容易會被「一次」這個詞給毀了，藉「經常」雖無法護記憶於周全，但至少可以用作者的觀點來保有記憶，並帶領作者超越那些也許根本沒出現在他生命中的片段，並給他一個替代品，替代某個在他自己的記憶中，即便有印象，卻再也找不到的東西。

一九一二年一月三日，《日記》230頁

226

我寫不出來。因此打算做一次自傳式的探討。但傳記不是重點，重點是探討和找出自己最小的組成部分。然後再用它們來重新打造自己，這就像有人的房子不堅固，想在旁邊再蓋一間堅固的，但他選擇用舊房子的建材去蓋。但糟糕的是，新房子蓋到一半他沒力氣了，所以現在他不再擁有一間不堅固但完整的房子，他擁有的是一間半毀和一間未完成的房子，換言之他什麼都沒了。接下來

千萬不能高估自己寫過的東西，一旦高估了，我想寫的東西就永遠寫不出來了。

當然就是急得抓狂，情況大致就像：在兩間房子中間來回大跳哥薩克舞，此哥薩克人開始用他的靴跟不停地刮畫和刨著地面上的泥土，直到他在自己腳下為自己挖出了一個墳墓。

很可能寫於一九二一年，《鄉村婚禮籌備及遺稿中的其他散文》388頁

227

今天把許多可鄙的舊稿子給燒了。

一九一二年三月十一日，《日記》268頁

228

千萬不能高估自己寫過的東西，一旦高估了，我想寫的東西就永遠寫不出來了。

一九一二年三月二十六日，《日記》274頁

229

在我身上可以清楚看見：精力完全集中在寫作上。當我的身體機能清楚意識到我這個人最擅長的方向就是寫作後，我所有的精力就都往那邊跑，並導致原本該致力於兩性關係、美食、佳釀、哲學思考和音樂（尤其是音樂）的那些能力頓時全部消失。但這其實是必要的，因為我所擁有的全部精力是如此之少，全部集中起來也只勉強夠用在寫作上。這個目標當然不是我自己有意識地發掘出來的，而是它自己發現了自己，雖說這目標現在只受限於我得上班這件事上，但這個阻礙卻是徹底的。總之吧，無論如何我都不該後悔：我負擔不起情人；我對愛的了解跟對音樂的了解一樣，都只能感受到其浮泛的表面作用；我除夕夜的晚餐只吃了黑根（Schwarzwurzeln）[15]配菠菜，只喝了四分之一瓶色列斯（Ceres）葡萄酒，還有星期天馬克森（Maxen）的哲學著作朗讀會我也沒去參加；這些代價一目了然。現在我唯一還得做的就是擺脫掉我的職員工作，因為我的發展方向已確立，而且就我看來，我已經沒有任何東西可以犧牲了，唯有擺脫職員工作，我才能開始過我真正的人生，並且在那樣的人生裡，終於可以讓我的容顏跟我工作上的進步，以最自然的方式，一起老去。

一九一二年一月三日，《日記》229頁

就文學這件事來看，我的命運其實很簡單。

230

就文學這件事來看，我的命運其實很簡單。我想將我夢想中的內心世界呈現出來，此舉意義之重大讓其他所有的事都變成了次要的，並以一種可怕的方式凋零，不停地凋零。其他所有的事都無法帶給我滿足。可是現在，我的那股呈現內心世界的力量變得無法捉摸，甚至有可能已永遠消失了，但也有可能會再次回到我身上，但我的生命狀態非常不利於它。換言之我開始搖晃，並朝山巔不停地飛去，但我根本一秒鐘都無法在那上面站穩。其他的人也在晃，卻是在下面晃，而且他們力氣比較大；即便他們快掉下去了，也會被他們的親人接住，那些親人就是為了接住他們而來到他們身邊。但我卻是在最上面搖晃，不但死不了，還得承受死亡永遠的折磨。

一九一四年八月六日，《日記》420 頁

231

我已經連續寫了好幾天，希望能這麼持續下去。但如今我已無法像兩年前那樣

譯注 15：又名婆羅門蔘，俗稱西洋牛蒡。

樂以忘憂地沉浸在工作中，但至少我還能獲得意義，並讓自己那一成不變的、空洞、紊亂的單身生活得以有個自圓其說的理由。我又能跟自己聊天了，而不只是在徹底空洞中發呆。這是讓我的情況得以改善的唯一途徑。

一九一四年八月十五日，《日記》422 頁

232

在經歷過那些混亂時期的洗禮後，現在我又能開始寫作了，寫作之於我，雖然是以一種對我身邊每個人都極為殘酷的方式在進行（罕見的殘酷，所以我不願提及），但它對我卻是世上最重要的事，重要得猶如幻覺之於瘋子（沒有了幻覺的瘋子，一定會「瘋掉」），或懷孕之於婦女。但此重要性跟寫作的價值，容我再次重申，一點關係也沒有，寫作的價值我再清楚不過，但正因它對我具有這樣的價值……所以即便膽顫心驚，害怕出現干擾，我還是始終堅持擁抱寫作，且不只擁抱寫作，還擁抱屬於它的那份孤獨。

一九二三年三月底，寫給羅伯特・克羅普史托克的信，摘自《書信集：一九〇二至一九二四年》431 頁

不只擁抱寫作，還擁抱屬於它的那份孤獨。

233

避免用字錯誤：要把一樣東西摧毀，就得先用盡力氣握緊它；畢竟裂了就只是裂了，裂了不代表就是毀滅。

一九一八年一月二十八日，《鄉村婚禮籌備及遺稿中的其他散文》50頁

234

除了證明之外，還有變魔術。在魔術的世界裡可以不必證明什麼，在邏輯的範圍內則可以迴避魔術的問題，這卻讓證明和魔術同時陷入了困境，尤其是有第三種可能，亦即活生生的魔術，或不但不具毀滅性，甚至是對世界的大破大立。

一九一八年初，《鄉村婚禮籌備及遺稿中的其他散文》125頁

235

他在建造時，所有東西都聽命於他。陌生工人搬來大理石塊，切割完成，而且一塊塊配合得天衣無縫。在他手指精準的動作下，一塊塊石頭聳立起來，移動位置。沒有任何建築物像這座廟宇蓋得這麼容易，或者該說，這才是蓋廟宇的真正方法。不過，每塊石頭上——這些石頭到底來自哪裡的岩層？——都有像孩子隨手塗鴉般的笨拙潦草的字跡，或者更像山上野蠻人的雕刻，或許是挑釁、羞辱或為了徹底毀掉這座廟，所以才要用如此銳利的工具在這座廟上刻出比它更能長存的永恆。

一九一八年初，《鄉村婚禮籌備及遺稿中的其他散文》127 頁

236

落筆時愈來愈膽小。這是可以理解的。每個字都會落入鬼魅之手——這個手的揮舞是他的典型動作——每個字都將變成矛，回過頭來攻擊那個言說者。尤其是我現在寫下的這一句。一切將這麼延續下去沒完沒了。唯一的值得安慰是：不管你願不願意，事情就是這樣。至於你希望怎麼樣，那只能幫上你微不足道的忙。不過比令人安慰更值得慶幸的是：你也有你的武器。

一九二三年六月十二日，《日記》585 頁

我寫作的主題其實是你，我在寫作中抒發我在你面前無法抒發的抱怨。

237

雖然我的自負、我的驕傲受挫於你的回答，你總是用那句對我們而言業已成為名言的話來回應我的書：「放在床邊的小桌上！」（我拿書給你時，你通常在玩牌。）但基本上我聽到這句話還是開心的，不只因為叛逆的壞心眼，不只因為竊喜這句話剛好印證了我對我們關係的看法，而是由衷的開心，因為這句話在我聽來就像：「你現在自由了！」但這當然是幻覺，我當然不是自由的，即便在最如魚得水的情況下也談不上自由。我寫作的主題其實是你，我在寫作中抒發我在你面前無法抒發的抱怨。這是一場故意拉長的告別，與你的告別，雖然此告別是因你而被迫發生，但它的方向卻是由我主導。這一切其實真是微不足道啊！會值得一提全是因為它發生在我的人生中，倘若發生在別處根本不會被注意到，另外還因為，它一直就籠罩著我的人生，在兒時是預感，後來是希望，更後來則經常是絕望，並指導我——當然也可以說，還是在你的影響下——做出了我的那些小小的決定。

一九一九年十一月，〈給父親的信〉，摘自《鄉村婚禮籌備及遺稿中的其他散文》202頁

238

我曾提過，我試圖藉寫作以及與寫作有關的事來尋求獨立，尋求逃離，並獲得了微不足道的成果，但這樣的嘗試已經快繼續不下去，許多事都在印證這一點。即便如此我還是有責任繼續做，或更恰當的說法，我人生的意義就在於守護這些嘗試，並讓那些我有能力擋下的危險無法危害它們，甚至連靠近它們的機會都沒有。婚姻可能就是這樣的危害之一，雖然婚姻同時也是最有幫助的事，然而光是婚姻的危險可能性就夠我受的了。既然婚姻可能是一種危險，要我怎麼投入其中！要我怎麼帶著一種或許無法證明、卻絕推翻不了的危險感在婚姻中繼續生活！面對這樣的困境，我雖猶豫不決，但最終的結果已經確定，我必須放棄。「手中的麻雀和屋頂上的鴿子」的比喻言之差矣。因為我手裡根本空無一物，屋頂上卻什麼都有，但是我卻非選擇空無一物不可——畢竟生活所需不同於比賽的情況。

一九一九年十一月，〈給父親的信〉，摘自《鄉村婚禮籌備及遺稿中的其他散文》218 頁起

以寫作作為禱告的形式。

以寫作作為禱告的形式。239

一九二〇年底，《鄉村婚禮籌備及遺稿中的其他散文》348頁

編後語

卡夫卡，一八八三年出生於布拉格，將滿四十一歲前，因肺結核辭世於維也納的一家療養院。生前僅出版了七小冊短篇故事集——少於我們今天所知的卡夫卡作品的十分之一。馬克斯．布羅德實應獲頒諾貝爾文學獎，他在卡夫卡生前就常為好友的一些手稿說情，將它們在卡夫卡銷毀前即時搶救下來，卡夫卡死後，布羅德受託為遺稿之處理者，卻沒有遵照好友的遺願，將其所有文學遺稿徹底銷毀，反而傾畢生之力，在艱困的環境中，將好友的作品一一出版並推廣。《審判》出版時，布羅德曾在後記為自己的處理方式做過解釋，並很誠實地將卡夫卡的兩封「遺囑」隨書印行。但其實：卡夫卡的出版禁令猶如索引，正是他所有文章不可分割的一部分——是胎記，是這些文章與生俱來的胎記，就像他的語言特色一樣都隸屬於文章本身。

相較於中短篇故事，卡夫卡的箴言式哲學作品被出版的數量較少。那部分的內容包括了根植於個人生活的非系統性省思，以及一些出現在信件或筆記中的看法，還有一些像寫日記般的草稿，當中混雜著各式內容，有短篇故事的開頭，有各種觀察，有閱讀心得等等。比較例外的是〈一場關於意第緒語的演講〉，卡夫卡在此稱意第緒語為「俚語」，這是他因緣際會下真正做過的一場演講，是他少之又少的公開演講之一，同屬例外的還有短文〈小眾文學〉的草稿。這兩篇文章在本選集中被視為卡夫卡對「語言」所發表過的最重要的看法。值得注意的是：卡夫卡的這些被嚴重低估的、有關語言哲學的探討，其實落筆非常之早，早在被他視為文學突破之作的《審判》成書前不久。

卡夫卡的文章因文體上的不純粹而難以歸類，經常將箴言、短篇故事、自傳和回憶錄熔於一爐，但這也正是他這些隨筆最特殊的迷人之處。這樣的內容，其一，能讓讀者猶如見證結晶過程，幸運的話還能讀到一篇完整的短篇故事或一個能自圓其說的（或借用卡夫卡自己的說法：自相矛盾的）句子，卻又不會讓環繞其間的文字材料失去本身的魅力。

其二，這種能真實呈現卡夫卡思想的混合式文體有項優點：能以充滿情感的方式，讓我們一窺那個時代的許多日常生活細節，那是一個在政治、經濟和文化上正面臨劇變、發軔，與崩潰的時代，例如，媒婆到家裡，卡夫卡因她而發的種種細膩且精準的觀察，或卡夫卡在電影院裡看到的景象（火車經過時，觀眾全看呆了〔165頁〕），或結識神智學家魯道夫・史泰納博士的過程，卡夫卡接近他顯然是為了尋求協助，或跟「畫家」艾福瑞・庫賓的相處，或盛行於文學圈朋友之間的朗讀文化，或那些讓我們得以一窺保險機構法務人員之職業生活的描述，這些描述同時也為德國文學平添了數頁最令人發噱及悲傷的內容（懂得欣賞其同時代喜劇泰斗卡爾・瓦倫丁〔Karl Valentin, 1882-1948〕和卓別林〔Charlie Chaplin, 1889-1977〕的讀者，肯定能理解：可笑跟可悲並不衝突，兩者之間甚至存在著一種不可或缺的必要連結），此外就是他寫給未婚妻的那封信，信中他自稱「以愛笑聞名」（38-39頁），這些內容都是那個沒落時代無比珍貴的資料。

其三，藉由文章中或多或少的私人內容，一幅呈現作者人格特質的馬賽克儼然成形，此人格特質讓卡夫卡對自己所從事的活動，自己的神經敏感，及所面對的複雜困境皆寄予無限同情（sympathisch），但也正是這樣的人格特質讓他得以洞悉這一切——卡夫卡的「同情」同時具有這樣的意義：有人在我們之前先經歷了那些或許尚未被我們明確感受到或強烈體驗過的痛苦，且詳實地記述了那些痛苦之無可避免，正因無可避免，所以才會產生如此深具同情心的「共感痛苦」（Mit-Leiden，感同身受的痛苦）。此人格特質也讓他寫出了德國文學上最美的一封摯友間的通信：一九一〇年五月底，馬克斯・布羅德生日時卡夫卡寫信給他，這封信完整地收錄於本書。

卡夫卡在閱讀上很喜歡探討作者生平。例如，當他自覺整個人的心思全被歌德吸引時，他會立刻找來一堆**有關**歌德的書籍，顯然他急切地想知道作者的創作力與其職業和所處社會有何關聯及交互作用。其他作家吸引他的地方也常是自傳：福婁拜、齊克果、格里帕策，尤其是克萊斯特，就卡夫卡的觀點，他們皆為了文學創作而犧牲了成家的機會。

另外，比較特殊的例子是卡夫卡對愛德華・莫里克的偏好。他曾在日記中記述他為妹妹們朗讀莫里克至克萊弗舒茲巴赫（Cleversulzbach）任牧師時的就職演講稿；根據當時的習慣，這樣的履新演講通常會當著所有教眾的面，把自己一路走來的成長歷程再次細數（所以卡夫卡才會在本書第61頁的摘文中，稱他所朗讀的是莫里克的「自傳」）。也許讀者會問，為什麼卡夫卡要唸這樣一篇無關緊要的應用文給妹妹聽，並重視到要把它載入日記。下面的揣測或許有助於了解卡夫卡諸如此類的事蹟：

在卡夫卡的遺稿中有篇落筆很早，名為〈鄉村婚禮籌備〉的故事殘篇，主人翁名叫愛德華．拉班（Eduard Raban，「拉班」乃音譯，意為「烏鴉」）。其實「卡夫卡」在捷克文裡的意思是「寒鴉」（Dohle），寒鴉不僅被卡夫卡的父親拿來當作店的標誌，卡夫卡本人更常在他所撰寫的故事中藉各種不同的鴉科動物來暗喻自己，無論是「拉班」或「卡夫卡」皆屬於鴉科動物（卡夫卡很喜歡玩這種小小的文字遊戲），所以拉班顯然是作者的另一神祕化身。至於主人翁的名字為何選「愛德華」？這就得說到後來成為地方牧師的愛德華．莫里克了，在他跟未婚妻路易絲．勞（Luise Rau）解除婚約前，他有長達四年的時間身分是未婚夫，不過後來他到了年紀很大——卡夫卡甚至沒能活到那麼大歲數——才真正結婚，並擁有一個並不怎麼幸福的婚姻。卡夫卡筆下的愛德華．拉班，從他身上可以看到許多莫里克的影子。此外，卡夫卡當然也一定程度地在暗指自己的遭遇，亦即：自己那一再被判定為失敗的「婚禮籌備」。

以上分析雖部分地解釋了卡夫卡為什麼會對莫里克特別感興趣，卻無法解釋卡夫卡為什麼要特別選莫里克這篇就職時的自我介紹來朗讀，畢竟莫里克在文中——很可以理解的——並未提及自己曾解除過婚約。這篇文章之所以讓卡夫卡著迷其實另有原因。莫里克幾乎用了四分之一長的篇幅在描述父親連續兩次中風後，風燭殘年的最後階段。文中提到父親不能說話了，只能試著用眼神來跟孩子溝通，以及當父親無法讓人了解他的意思時如何勃然大怒，還有父親最後的去世：「隔天早上，我們才剛醒，就有人來跟我們說了段難以理解的話：現在起我們沒有父親了。」眾所周知，卡夫卡對自己的父親又愛又恨，甚至認為自己之所以會「在精神上根本沒有能力結婚」（113頁）全得歸咎於跟父親的關係，因此難免潛藏著這樣的願望：希望有一天也能親眼見到父親不能說話，見到自己比父親活得久，而這些正是影響卡夫卡挑選讀物的關鍵因素。

同樣的道理讓他寫下了這段日記：父母（彷彿為了隱藏自己的真正心意，卡夫卡這裡用的是「父母」，而非「父親」）返家的按鈴聲摧毀了他原本所展現的力量——他藉朗讀聲充斥整個房間來描述自己的這種力量；這裡卡夫卡刻意用了一個不完整的德文句型來寫，亦即使用「就像」（Wie）為開頭的從句，但最終卻沒有連結到一個主句上；他試圖用這種破碎的德文句子來重現力量被摧毀的過程。至於接下來的摘文，卡夫卡則是藉身體的感覺來傳達自己的那份無能為力。

前面已經提到過「同情」，這個字在卡夫卡的使用上也可以被理解為「共感痛苦」。這樣的感同身受尤其表現在卡夫卡那種絕無僅有的、能將自己置換成他人，甚至置換成其他物種的能力上。卡夫卡曾在他的自傳式隨筆「模仿的欲望」（54-56頁）中審視過自己的這項能力；在他的短篇故事裡，這份感同身受更常常藉角色受侷限的觀點展現出來——尤其是那些與動物有關的故事，無論是蟲子、猴子或狗，牠們在故事裡都具有壓抑且不完整，卻又被描述得鉅細靡遺的世界觀，或者在卡夫卡的長篇小說裡，我們也常能感同身受地融入主人翁受限的視野與觀點中。

此外，就是那批多達百頁、收件人永遠不可能收到的〈給父親的信〉的草稿，正因卡夫卡將自己置換成兒童的觀點，但落筆又深具成人的分析性與敏銳，所以才能讓這些文章成為教育界的基礎讀物，成為教育者不可不讀的經典之作。我們甚至可以說：卡夫卡的所有文字其實都是以兒童的視角來書寫的——或者更準確一點：是以一個兒子的觀點來書寫的，所以他才會在〈給父親的信〉中寫道：「我寫作的主題其實是你，我在寫作中抒發我在你面前無法抒發的抱怨。」（195頁）本書在處理這段摘文時因此打破慣例，不只截取一小段獨立的文字，而是盡可能地從充滿洞察力卻又對父親頗為不公的內容中節錄一段篇幅相對大的摘文，以期讓讀者從字裡行間察覺：其實卡夫卡享受到的是一種，就那個時代而言，相對自由的教育方式。

因為卡夫卡自認被排除在父親的世界之外，父親的世界對他而言乃最根本的世界，亦即生活的世界、責任的世界、他自己也能成為父親的世界，甚至是信仰的世界，但他卻被排除在外，所以他只能逃到「語言」此一存在於夾縫中的精神世界裡，換言之：他為自己打造了一個語言的精神世界，一個他可以躲進去的世界。

在他最早的長篇故事，也就是小說《一次戰鬥紀實》裡——初稿甚至可以追溯到一九〇四年，這一年卡夫卡也剛好成年——有一章的標題就叫作〈嘲諷或證明活著的不可能〉（Belustigungen oder Beweis dessen, dass es unmöglich ist zu leben）。這裡指的其實就是那個——卡夫卡藉由它才得以學習如何與「遺產」相處的——角色，此遺產他得自於父親，其實就是他自己，就是那個「雜種」，卡夫卡也確實以雜種為名寫了篇故事（99-101頁）：卡夫卡**斷言**（*behaupten*）這是一種具雙重意義的存在，茲以「證明」這種存在的不可能。這裡展現的其實是一種自我嘲諷，就像卡爾·瓦倫丁扮演過的某一走投無路的滑稽丑角。

彼得·霍夫勒

卡夫卡年表

一八八三年

法蘭茲・卡夫卡七月三日出生於布拉格，是赫曼・卡夫卡（Hermann Kafka, 1852-1931）和妻子茱莉・卡夫卡（Julie Kafka，娘家姓氏為勒維，1856-1934）的第一個孩子。赫曼・卡夫卡是猶太屠夫之子，受的是捷克教育，後經營女性飾品店；茱莉・卡夫卡是猶太釀酒商的女兒，受德語教育。卡夫卡的兩個弟弟喬治（Georg, 1885-87）和海因利希（Heinrich, 1887-88）皆早夭。另有三個妹妹：大妹加布里耶菈（Gabriele，暱稱愛莉〔Elli〕，婚後冠夫姓赫爾曼〔Hermann, 1889-1942?〕），二妹瓦樂里（Valerie，暱稱瓦莉〔Valli〕，婚後冠夫姓波拉克〔Pollak, 1890-1942?〕），三妹奧提莉（Ottilie，暱稱奧特菈〔Ottla〕，婚後冠夫姓大衛〔David, 1892-1943〕），三個妹妹皆死於奧斯威辛（Auschwitz）集中營。小妹奧特菈跟卡夫卡感情最好，是卡夫卡最信任的家人。

一八八九年至一八九三年

就讀肉品市場旁的男子小學：德國國民小學。

一八九三年至一九〇一年

就讀金斯基宮（Kinsky Palais）旁的舊城德語中學；通過高中畢業會考。一九〇一年卡夫卡第一次離開波西米亞，和他最親愛的舅舅西格弗里德・勒維（Siegfried Löwy）同遊諾德奈（Norderney）和黑爾戈蘭島（Helgoland）。

一九〇一年至一九〇六年

入布拉格德語大學就讀法律；取得法學博士學位。當中卡夫卡曾唸了一學期的德文系，並且修過藝術史的課。

一九〇二年至一九〇四年

開始和小學同學奧斯卡・波拉克（Oskar Pollak, 1883-1915）通信；卡夫卡最早的短篇故事〈害羞長人和存心不良者之間的惱人故事〉（一九〇二年十二月）亦出現在通信內容中，卡夫卡在信中預告準備要寫「一整卷」故事，但「無所不包」的內容其實只是些「兒時的事」：「你瞧，不快樂從很早開始就壓在我的背上了。」（一九〇三年九月六日）。

一九〇二年

結識馬克斯·布羅德，布羅德後來成為卡夫卡最好的朋友和最信任的人。

一九〇四年至一九〇五年

大量創作散文，這些散文是卡夫卡早期的散文作品。撰寫《一次戰鬥紀實》初稿。

一九〇七年

撰寫《鄉村婚禮籌備》（殘篇）。進入「忠利保險公司」（一九〇七年十月至一九〇八年七月）。

一九〇八年

在雙月刊《西培里翁》（*Hyperion*）上以〈觀察〉為題首度發表八篇散文。七月底進入「波西米亞王國布拉格勞工事故保險局」工作，卡夫卡在此一直任職到一九二二年七月一日退休。

一九〇九年

從《一次戰鬥紀實》中摘錄出〈與祈禱者對話〉及〈與醉漢對話〉，刊登在雙月刊《西培里翁》上。和好友馬克斯．布羅德及奧托．布羅德兄弟同赴義大利北部加爾達湖（Gardasee）邊的里瓦（Riva）度假；一同造訪了在布瑞西亞（Brescia）舉行的航空週。在布羅德兄弟的鼓吹下寫就具報導性質的遊記《布瑞西亞的飛行機》，後刊登在布拉格德語報紙《波西米亞日報》（*Bohemia*）上。——開始在日記上寫札記。

一九一〇年

布羅德即時搶救下差點被卡夫卡銷毀的《一次戰鬥紀實》草稿。於日記中撰寫〈處於不幸〉，此短篇收錄於《觀察》，乃《觀察》的最後一篇。——至巴黎和柏林旅遊。

一九一一年

與東歐猶太演員吉茨恰克．勒維（卒於特雷布林卡〔Treblinka〕）結為朋友。勒維所屬劇團在布拉格演出至一九一二年。卡夫卡與意第緒語傳統劇場的接觸啟發了他於一九一一年底在日記中寫下關於「小眾文學」的省思。撰寫長篇小說《美國》的「第一個版本」，但此版本後來佚失了。

一九一二年

二月卡夫卡籌辦了一場演講晚會，與勒維同台，演講主題為《俚語導讀》（*Einleitungsvortrag über Jargon*）（這裡的「俚語」指的是意第緒語）。這篇演講稿和〈小眾文學〉殘篇乃卡夫卡所發表過的對語言和文學最重要的論述。卡夫卡的第一本書《觀察》由羅沃特出版社出版（一九一三年起改名為：庫特．沃爾夫出版社）。八月十三日在布羅德家中認識了後來的未婚妻菲莉絲．包爾（婚後冠夫姓馬拉舍〔Marasse〕，一九一九年結婚）；九月二十日寫下第一封給菲莉絲的信。九月二十二至二十三日徹夜撰寫《判決》。至九月底一直在寫《伙夫》，其為《失蹤者》（《美國》）的第一章。致力於小說《變形記》的創作，同時完成以美國為主題的那本小說的大部分章節。十二月四日在爐灶公會所舉辦的「布拉格作家之夜」上公開朗讀作品《判決》。

一九一三年

三月，第一次至柏林探望菲莉絲．包爾。《伙夫》在庫特．沃爾夫出版社的「最後審判日」（Der jüngste Tag）系列叢書中出版。《判決》在布羅德發行的文學年刊《樂土》（*Arkadia*）上發表。九月前往維也納、第里亞斯特（Triest）、威尼斯、里瓦旅行。和瑞士女子格爾蒂・瓦思納（Gerti Wasner，縮寫為G.W.）短暫相戀。第一次在日記（十月二十一日）中提到《獵人葛拉庫斯》（「在一個漁村的小碼頭上……」）。一九一三年二月至一九一四年七月文學創作全面停滯。卡夫卡和菲莉絲的關係出現危機。和菲莉絲的好友葛蕾特・布洛赫（Grete Bloch, 1892-1944，卒於波蘭的奧斯威辛）密集通信，她在兩人間扮演傳話者的角色。

一九一四年

六月一日和菲莉絲在柏林正式訂婚。七月十二日在阿斯卡尼西旅館（Askanischer Hof）解除婚約；卡夫卡後來稱之為「旅館內的審判法庭」（Gerichtshof im Hotel）。開始撰寫小說《審判》；這也是他第一次在家裡以外的地方寫作，和妹妹們一起，在他自己的房間裡寫作。第一次世界大戰爆發，卡夫卡於一九一四年八月二日於日記中寫下：「德國對俄國宣戰了。——下午上游泳課。」十月：繼續撰寫《失蹤者》和《在流放地》。恢復與菲莉絲通信。十二月：撰寫《在法律之前》和《鄉村教師》。

一九一五年

撰寫《老光棍布魯費》（殘篇）。卡夫卡為自己租了間房間。又開始與菲莉絲．包爾見面（五至六月）。《變形記》發表於月刊《白色書頁》（*Die weissen Blätter*），十二月則被納入「最後審判日」系列叢書出版。獲頒「馮唐納文學獎（Fontane-Preis）」的卡爾．史登海姆（Carl Sternheim, 1878-1942）將獎金轉贈給卡夫卡。

一九一六年

卡夫卡因身為保險機關公務人員而得以免上戰場當兵，他為此提出「抗議」，但並抗議未被接受。七月和菲莉絲一同前往馬倫巴（Marienbad）度假。十一月在慕尼黑，卡夫卡朗讀《在流放地》時，里爾克（Rainer Maria Rilke, 1875-1926）很可能也在場。從一九一六年十一月至一九一七年五月，卡夫卡在妹妹奧特菈提供給他的，位於布拉格冶金術士巷（Alchimistengasse，亦稱黃金巷）中的工作室寫作。所謂的「八冊八開筆記本」就是在這個時期寫就的（但事實上應該是九冊，因為至少有一冊佚失了），這些文章包括《鄉村醫生》裡的一些重要短篇（但舊版的《在法律之前》和《一個夢》並不包含在內），和《木桶騎士》、《獵人葛拉庫斯》殘篇、《萬里長城建造時》（後來卡夫卡從中獨立出《皇帝的口諭》），以及《隔壁鄰居》。

一九一七年

卡夫卡開始學習希伯來語。七月和菲莉絲二度訂婚。八月嚴重咳血，九月診斷出罹患了肺結核。罹病讓卡夫卡下定決心要和菲莉絲解除婚約（十二月正式解除）；寫給菲莉絲的最後一封信日期為十月十六日。在八開筆記本裡寫下許多箴言，完成《女海妖》（十月二十三日或二十四日）。九月開始到屈勞（Zürau，位於波西米亞北部），在屈勞的鄉間與妹妹奧特菈一起生活了八個月。

一九一八年

撰寫最後兩冊八開筆記本，其中的作品包括《普羅米修斯》（一月）和《寺廟建築》殘篇（年初）。將所有的箴言整理成冊，一九二〇年又另外增加了八頁。五月重回勞工事故保險局上班。——同盟國在軍事上的失利加速了奧匈帝國的瓦解。十月二十八日捷克斯洛伐克共和國成立。

一九一九年

與捷克猶太人茱莉・沃里契克（Julie Wohryzek, 1891-1939）訂婚。原定十一月的結婚計畫告吹；隔年一九二〇年七月解除和茱莉・沃里契克的婚約。撰寫《給父親的信》，但卡夫卡的父親終其一生沒有讀到過這些信。在庫特・沃爾夫出版社出版《在流放地》。

一九二〇年

短篇故事集《鄉村醫生》在庫特・沃爾夫出版社出版（但版權頁上的出版時間為一九一九年）。寫下許多箴言，並完成了為數不少的短篇故事，包括《法的問題》、《招募軍隊》、《海神波塞頓》、《市徽》、《考試》、《禿鷹》、《小寓言》、《陀螺》等。開始和捷克已婚女記者米蓮娜・葉辛斯卡（Milena Jesenská, 1896-1944）（從夫姓波拉克〔Pollak〕，卒於拉芬布呂克〔Ravensbrück〕）交往並通信。米蓮娜也是第一個翻譯卡夫卡作品的人，她將卡夫卡的一些故事翻譯成捷克文。

一九二一年

一九二〇年十二月至一九二一年八月在塔特拉山的馬特里亞里一間肺病療養院進行療養，並結識了同在那裡療養的年輕醫師羅伯・克羅普史托克（Robert Klopstock, 1899-1972）。八月底返回工作崗位，又上了兩個月的班，之後開始請長假直到退休；卡夫卡於一九二二年七月一日退休。年底寫下兩封所謂「遺囑」中的第一封，指定馬克斯・布羅德為遺稿處理者，並囑託他銷毀自己所有的文學遺稿。

一九二二年

二月至八月致力於小說《城堡》的寫作。並完成《最初的痛苦》、《律師》、《飢餓藝術家》、《一條狗的研究》、《夫妻》等短篇。寫下第二封「遺囑」（十一月二十九日）。

一九二三年

積極學習希伯來語。七至八月：與妹妹愛莉至波羅的海的濱海小鎮米里茲（Müritz）度假，結識了來自波蘭，出生於信奉東歐猶太教哈西第教派家庭的朵拉・迪亞芒（Dora Diamant, 1902-1952），迪亞芒當時正在那裡的猶太兒童度假屋工作。九月二十四日移居柏林與迪亞芒共同生活。寫出《巢穴》和《一個矮小的女人》。迪亞芒依卡夫卡的指示燒掉了為數眾多的草稿；至於那些留在她身邊的卡夫卡遺稿，後來被納粹全數沒收，從此不知去向。

一九二四年

三月重新搬回布拉格。寫成《約瑟芬，女歌手或者耗子的民族》。病菌擴散至咽喉，導致卡夫卡幾乎無法進食、飲水，和說話。住進位於維也納附近奇爾林一地的「霍夫曼醫師療養院」，由朵拉・迪亞芒和羅伯特・克羅普史托克負責照料。卡夫卡只能透過「交談便箋」（Gesprächsblätter）來和人進行溝通。開始校訂他的最後作品《飢餓藝術家》。六月三日卡夫卡去世，六月十一日葬於布拉格城郊史特拉許尼茲的猶太墓園。八月底《飢餓藝術家，四則短篇故事》（Ein Hungerkünstler. Vier Geschichten）由柏林的「施密德出版社」（Die Schmiede）出版。

摘文出處

《一次戰鬥紀實。遺稿中的小說、草稿及箴言》

Franz Kafka: Beschreibung eines Kampfes. Novellen, Skizzen, Aphorismen aus dem Nachlass. New York [Frankfurt am Main 1954](Gesammelte Werke, hg. V. Max Brod)。

《書信集：一九〇二至一九二四年》

Franz Kafka: Briefe 1902-1924. New York [Frankfurt am Main 1958](Gesammelte Werke, hg. v. Max Brod)。

《卡夫卡短篇集》

Franz Kafka: Erzählungen. New York [Frankfurt am Main 1952](Gesammelte Werke, hg. v. Max Brod)。

《給菲莉絲的情書及其他訂婚期間的通信》

Franz Kafka: Briefe an Felice und andere Korrespondenz aus der Verlobungszeit. Hg.v. Erich Heller und Jürgen Born, New York [Frankfurt am Main 1967](Gesammelte Werke, hg. v. Max Brod)。

《鄉村婚禮籌備及遺稿中的其他散文》

Franz Kafka: Hochzeitsvorbereitungen auf dem Lande und anddere Prosa aus dem Nachlass. New York [Frankfurt am Main 1953](Gesammelte Werke, hg. v. Max Brod)。

《給米蓮娜的信》

Franz Kafka: Briefe an Milena. Erweiterte und neu geordnete Ausgabe. Hg. v. Jürgen Born und Michael Müller, New York [Frankfurt am Main 1983]。

《在真理與方法之間》

Leonhard M. Fiedler: Zwischen »Wahrheit« und »Methode«. In: Wilhelm Emrich/ Bernd Goldmann (Hg.): Franz Kafka. Symposion 1983. Mainz 1985, S.355-375。

《日記》

Franz Kafka: Tagebücher. New York [Frankfurt am Main 1953](Gesammelte Werke, hg. v. Max Brod)。

《少年卡夫卡傳記，一八八三至一九一二年》

Klaus Wagenbach: Franz Kafka. Eine Biographie seiner Jugend. 1883-1912. Bern 1968。

《日記與書信集》

Franz Kafka: Tagebücher und Briefe. Prag 1937 (Gesammelte Schriften Bd. VI. Hg. v. Max Brod in Gemeinschaft mit Heinz Politzer)。

由於這本選集的摘文出自多本編輯原則各異的卡夫卡專書，因此在德文正字和德文標點上仔細做過校正和統一。另外要特別說明的是，許多被馬克斯・布羅德修改過的內容（無論是拼字、字彙的順序，或他把卡夫卡劃掉的句子又重新恢復等等），皆被還原成卡夫卡原先的模樣。再者，部分摘文前的標題並非源自卡夫卡。至於各篇摘文的日期，由於主要是根據于爾根・伯恩（Jürgen

Born）所編的《卡夫卡之著作、日記，和書信集》（*Schriften, Tagebücher und Briefe von Franz Kafka*, hg.v.Jürgen Born u.a., Frankfurt am Main 1982 ff.）「校正版」來引的，所以日期會和原摘文出處標示的日期略有不同。

國家圖書館出版品預行編目資料

在與世界的對抗中：慢讀卡夫卡 / 法蘭茲・卡夫卡（Franz Kafka）著
彼得・霍夫勒（Peter Höfle）編；闕旭玲譯 . -- 初版 . -- 臺北市：商周，
城邦文化出版：家庭傳媒城邦分公司發行，2015.09
面；　公分
譯自：Lektüre für Minuten. Betrachtungen aus seinem Werk.
Auswahl und Nachwort von Peter Höfle

ISBN 978-986-272-869-7（精裝）

882.46　　104016324

在與世界的對抗中：慢讀卡夫卡

原 著 書 名／Lektüre für Minuten. Betrachtungen aus seinem Werk. Auswahl und Nachwort von Peter Höfle
作　　　者／法蘭茲・卡夫卡（Franz Kafka）
編　　　者／彼得・霍夫勒（Peter Höfle）
譯　　　者／闕旭玲
企 畫 選 書／林宏濤
責 任 編 輯／林宏濤、賴芊曄

版　　　權／林心紅
行 銷 業 務／李衍逸、黃崇華
總　編　輯／楊如玉
總　經　理／彭之琬
事業群總經理／黃淑貞
發　行　人／何飛鵬
法 律 顧 問／元禾法律事務所　王子文律師
出　　　版／商周出版
城邦文化事業股份有限公司
台北市中山區民生東路二段 141 號 9 樓
電話：(02) 2500-7008　傳真：(02) 2500-7759
E-mail：bwp.service@cite.com.tw
發　　　行／英屬蓋曼群島商家庭傳媒股份有限公司城邦分公司
台北市中山區民生東路二段 141 號 2 樓
書虫客服服務專線：02-25007718・02-25007719
24 小時傳真服務：02-25001990・02-25001991
服務時間：週一至週五 09:30-12:00・13:30-17:00
郵撥帳號：19863813　戶名：書虫股份有限公司
讀者服務信箱 E-mail：service@readingclub.com.tw
歡迎光臨城邦讀書花園　網址：www.cite.com.tw
香港發行所／城邦（香港）出版集團有限公司
香港灣仔駱克道 193 號東超商業中心 1 樓
Email：hkcite@biznetvigator.com
電話：(852) 25086231　傳真：(852) 25789337
馬新發行所／城邦（馬新）出版集團 Cite (M) Sdn. Bhd.
41, Jalan Radin Anum, Bandar Baru Sri Petaling, 57000 Kuala Lumpur, Malaysia
電話：(603) 90578822　傳真：(603) 90576622
E-mail：cite@cite.com.my

封 面 設 計／廖韡
印　　　刷／韋懋印刷事業有限公司
總　經　銷／高見文化行銷股份有限公司
電話：(02)2668-9005　傳真：(02)2668-9790　客服專線：0800-055-365

■ 2015 年（民 104）9 月初版
■ 2020 年（民 109）4 月初版 2.5 刷
Printed in Taiwan

定價／ 320 元

Original title: Lektüre für Minuten. Betrachtungen aus seinem Werk.
Auswahl und Nachwort von Peter Höfle
Author : Franz Kafka
 ISBN 978-986-272-869-7（精裝）
書封及內頁圖片：Portrait of Franz Kafka © Bettmann/CORBIS/TPG 達志影像

城邦讀書花園
www.cite.com.tw

商周出版

廣　告　回　函
北區郵政管理登記證
台北廣字第000791號
郵資已付，免貼郵票

104台北市民生東路二段141號2樓

英屬蓋曼群島商家庭傳媒股份有限公司

城邦分公司　收

請沿虛線對摺，謝謝！

商周出版

書號：BA9013C　**書名**：在與世界的對抗中：慢讀卡夫卡　**編碼**：

請於此處用膠水黏貼

商周出版

讀者回函卡

感謝您購買我們出版的書籍！請費心填寫此回函卡，我們將不定期寄上城邦集團最新的出版訊息。

不定期好禮相贈！
立即加入：商周出版
Facebook 粉絲團

姓名：＿＿＿＿＿＿＿＿ 性別：☐男 ☐女

生日：西元＿＿＿＿年＿＿＿＿月＿＿＿＿日

地址：＿＿＿＿＿＿＿＿

聯絡電話：＿＿＿＿＿＿＿＿ 傳真：＿＿＿＿＿＿＿＿

E-mail ：

學歷：☐ 1. 小學 ☐ 2. 國中 ☐ 3. 高中 ☐ 4. 大學 ☐ 5. 研究所以上

職業：☐ 1. 學生 ☐ 2. 軍公教 ☐ 3. 服務 ☐ 4. 金融 ☐ 5. 製造 ☐ 6. 資訊
☐ 7. 傳播 ☐ 8. 自由業 ☐ 9. 農漁牧 ☐ 10. 家管 ☐ 11. 退休
☐ 12. 其他＿＿＿＿＿＿＿＿

您從何種方式得知本書消息？
☐ 1. 書店 ☐ 2. 網路 ☐ 3. 報紙 ☐ 4. 雜誌 ☐ 5. 廣播 ☐ 6. 電視
☐ 7. 親友推薦 ☐ 8. 其他＿＿＿＿＿＿＿＿

您通常以何種方式購書？
☐ 1. 書店 ☐ 2. 網路 ☐ 3. 傳真訂購 ☐ 4. 郵局劃撥 ☐ 5. 其他＿＿＿＿

您喜歡閱讀那些類別的書籍？
☐ 1. 財經商業 ☐ 2. 自然科學 ☐ 3. 歷史 ☐ 4. 法律 ☐ 5. 文學
☐ 6. 休閒旅遊 ☐ 7. 小說 ☐ 8. 人物傳記 ☐ 9. 生活、勵志 ☐ 10. 其他

對我們的建議：＿＿＿＿＿＿＿＿

請於此處用膠水黏貼